KB076026

小林多喜二
蟹工船
•
게 가공선

창 비 세 계 문 학

8

·

게 가공선

·

코바야시 타끼지
서은혜 옮김

창비

차례

•

게 가공선
7

일러두기
1. 이 책은 小林多喜二 『蟹工船 黨生活者』(角川文庫 1975)를 번역 저본으로 삼았다.
2. 본문 중의 각주는 옮긴이의 것이다.
3. 외국어는 가급적 현지 발음에 준하여 표기하되, 일부 우리말로 굳어진 것은 관용을
따랐다.

1

"어이, 지옥으로 가는 거야!"

두 사람은 갑판 난간에 기대어 달팽이가 등을 편 것처럼 늘어져 바다를 끌어안고 있는 하꼬다떼¹ 거리를 건너다보고 있었다. ——어부는 손가락 끝까지 타들어간 담배꽁초를 침과 함께 뱉어냈다. 잎말이담배는 까불듯이 몇번이고 뒤집혀 구르다가 높다란 배 위에서 미끄러져 떨어졌다. 그의 온몸에서 술 냄새가 풍겼다.

붉은 배腹를 널찍하니 내밀고 떠 있는 기선과, 한창 짐을 싣고 있는지 바닷속에서 한쪽 소매를 잡아당기기라도 하는 양 한쪽으로

---
1 일본 홋까이도오 남단에 위치한 항구도시.

완전히 기울어져 있는 배, 누렇고 굵은 굴뚝, 커다란 방울 같은 붉은 부표, 빈대처럼 배와 배 사이를 누비고 다니는 작은 증기선, 으스스하게 떠도는 검은 연기, 빵 부스러기와 썩은 과일 따위가 떠있어 무슨 특별한 직물처럼 보이는 파도…… 연기는 바람을 타고 파도와 스칠 듯 나부끼며 후텁지근한 석탄 냄새를 풍겼다. 드르륵 드르륵하는 윈치 소리가 때때로 파도를 타고 바로 발밑에서 울려왔다.

이 게 가공선 핫꼬오마루 바로 앞에서, 칠이 벗겨진 범선이 이물의 소코뚜레 같은 곳으로부터 닻줄을 내리고 있었다. 갑판에서는 마도로스파이프를 문 외국인 두 사람이 기계로 된 인형인 양, 같은 곳을 왔다 갔다 하고 있었다. 러시아 배 같았다. 일본의 '게 가공선'을 감시하는 배가 틀림없을 것이다.

"우린 이미 한푼도 없어. 제기랄."

어부는 그렇게 말하며 다가오더니 옆 어부의 손을 잡아다가 자신의 허리께로 가져갔다. 작업복 아래 코르덴 바지 호주머니에 대고 눌렀다. 뭔가 작은 상자 같았다.

그 사람은 말없이 어부를 바라보았다.

"히히히……" 하고 웃고는 "화투야" 하고 말했다.

갑판에서 '장군' 같은 차림을 한 선장이 어슬렁거리며 담배를 피우고 있었다. 내뱉은 연기는 코끝에 닿자마자 수직으로 꺾여 흩날렸다. 나무밑창을 덧댄 짚신을 신고 음식물 양동이를 든 선원이 바쁘게 바깥쪽 선실을 들락날락했다. ─준비가 다 끝났으니 이제

나가기만 하면 된다.

잡부들이 있는 배 밑바닥 방의 해치를 위에서 들여다보면 어두침침한 널판에서 잡부들이 둥우리에서 얼굴만 삐죽삐죽 내미는 새들처럼 부산스레 움직이는 게 보였다. 모두 열네댓살 소년들이었다.

"너는 어디야?"

"××마을." 모두 같았다. 하꼬다떼 빈민굴의 아이들이었다. 그런 아이들은 거기에만 이미 한 떼거리였다.

"저쪽 널판은?"

"남부."

"거기는?"

"아끼따."

그들은 서로 마주 보는 널판이었다.

"아끼따 어디?"

고름 같은 콧물을 매달고 눈꺼풀이 뒤집힌 듯이 빨갛게 짓무른 아이가,

"키따아끼따여" 했다.

"농사꾼이야?"

"그려."

퀴퀴한 것이 과일이라도 썩은 것처럼 시큼한 냄새가 났다. 절인 장아찌를 몇십 통이나 재어놓은 방이 바로 옆이라서 '똥' 냄새 같은 것도 섞여 있었다.

"인자는 아부지가 안고 자줄겨."——어부가 히죽히죽 웃었다.

어두컴컴한 구석 쪽에서 작업복 윗도리에 잠방이를 입고 보자기를 삼각형으로 쓴 날품팔이 같아 보이는 아이 엄마가 사과를 깎아서 널판에 엎드려 있는 아이에게 먹이고 있었다. 아이가 먹는 것을 보면서 자신은 둘둘 말려 있는 껍질을 먹고 있었다. 뭔가 중얼거리며 아이 옆에 있는 작은 보따리를 몇번이나 풀었다가 다시 쌌다가 했다. 그런 사람이 일고여덟이나 있었다. 배웅해주러 온 사람 없이 홀로 내지內地2에서 온 아이들은 가끔씩 그쪽을 훔쳐보곤 했다.

머리와 온몸에 시멘트 가루를 덮어쓴 여자가 캐러멜을 갑에서 두어개씩 꺼내 주변 아이들에게 나눠주면서,

"우리 켄끼찌하고 사이좋게 일해라, 잉" 하고 말했다. 나무뿌리처럼 볼품없이 크고 거친 손이었다.

아이의 코를 풀어주는 사람, 수건으로 얼굴을 닦아주는 사람, 소곤소곤 뭔가 이야기하는 여자들.

"그 집 아아는 몸이 좋네, 잉."

엄마들끼리 하는 말이었다.

"뭘, 그렇지."

"우리 앤 너무 약해. 어째야 쓸까 싶기는 한데, 워낙에……"

2 당시 일제의 식민지였던 조선이나 타이완과 구분하여 일본 본토를 지칭하는 표현이나, 여기서는 홋까이도오나 토오호꾸 지방의 국내 식민지적 성격을 강조하기 위해 쓰였다. 작가는 '식민지에서의 자본주의 침략사'를 염두에 두고 홋까이도오의 위치에 주의를 기울였다. '내지-홋까이도오'는 '중추-종속지'와 같은 대조로, 홋까이도오는 일종의 국내 식민지라는 설정에 가깝다. 실제 토오호꾸 지방의 농가에서 태어난 작가 스스로도 먹고살 길이 없어 홋까이도오로 이주한 바 있다.

"그야 뭐, 다 그렇지."

─어부 두 사람이 해치에서 갑판으로 얼굴을 내밀고는 공기를 들이마셨다. 부루퉁하니 입을 다물고 잡부들의 구멍에서 좀더 뱃머리 쪽, 사다리 모양을 한 자신들의 '둥지'로 돌아갔다. 그들은 닻이 오르내릴 때마다 콘크리트 믹서 속에 내던져진 것처럼 튀어오르고 서로 부딪혀야 했다.

어둠 속에서 어부는 돼지처럼 뒹굴뒹굴하고 있었다. 게다가 그곳은 정말 돼지우리같이, 속이 금방이라도 뒤집힐 듯한 냄새를 풍기고 있었다.

"아, 증말 지독헌 냄새여."

"그려, 우덜이 글치 뭐. 썩은 냄새두 날 만허지."

불그스름한 절구통 같은 머리를 한 어부가 됫병 술을 이 빠진 그릇에 부어서 오징어를 우적우적 씹어가며 마시고 있었다. 그 옆에 벌렁 드러누워 사과를 먹으며 표지가 너덜너덜한 싸구려 잡지를 보고 있는 이가 있다.

네 사람이 둘러앉아 마시고 있는데 아직 술이 모자라는 사람 하나가 끼어들며 말했다.

"이봐, 넉달이나 바다 위야. 젠장, 이젠 이런 일두 더는 못할 거 같어⋯⋯"

실팍한 몸집을 한 사람이 그렇게 말하고는 두터운 아랫입술을 간혹 버릇처럼 핥아가며 실눈을 떴다.

"근데, 지갑이 요 모양이여."

곶감처럼 말라붙은 얇은 지갑을 눈높이에서 흔들어 보였다.

"저 과부 말여, 몸집은 작은 것이 엄청 잘한다는구만!"

"어이, 관둬, 관둬!"

"아녀, 좋아, 계속혀."

상대방은 헤헤헤 하고 웃었다.

"저거 봐. 잘허는 짓이다, 그지?" 취한 눈을 맞은편 널판 아래로 향한 채 턱으로 "봐!" 하고 한 사람이 말했다.

어부가 그 아낙에게 돈을 막 건네는 참이었다.

"저거 봐, 저, 어때!"

작은 상자 위에 꾸깃꾸깃한 지폐와 은화를 늘어놓고 둘이서 그걸 세고 있었다. 사내는 연필에 침을 발라가며 작은 수첩에 뭔가를 쓰고 있다.

"봐, 응?"

"나두 마누라나 애들은 있어." 과부 이야기를 했던 어부가 갑자기 화가 난 듯 말했다.

거기서 조금 떨어진 널판에서 숙취로 푸르죽죽 부은 얼굴에 앞머리만 길게 늘어뜨린 젊은 어부가,

"나도 이번엔 정말로 배 같은 거 안 타려고 했었는데 말이야" 하며 큰 소리로 말했다. "거간꾼한테 휘둘려 돌아다니다가 한푼도 없이 다 털렸지. ──또 한동안 죽었구먼."

그와 동향인 듯한 사내가 이쪽으로 등을 보인 채 뭐라고 소곤소곤 이야기했다.

해치 입구에 먼저 안짱다리가 보이더니 덜렁덜렁하는 커다란 옛날식 자루가방을 짊어진 사내가 사다리를 내려왔다. 바닥에 서서 두리번두리번 둘러보더니 빈자리를 발견하고는 널판 위로 올라갔다.

그는 "안녕하슈" 하며 옆 사내에게 머리를 숙였다. 얼굴이 기름에 절어 검었다.

"저도 끼워주십쇼."

나중에 안 일이지만 이 사내는 배에 오르기 직전까지 유바리 탄광에서 칠년이나 광부로 일했다. 그러다가 지난번 가스폭발에서 가까스로 죽음을 면하고 — 전에도 몇번이나 있었던 일이지만 — 문득 광부 일이 무서워져서 탄광에서 내려오고 말았다. 폭발 때 그는 갱내에서 광차를 밀고 있었다. 광차에 석탄을 가득 싣고 다른 사람에게 인계하는 데까지 밀고 갔을 때였다. 엄청난 양의 마그네슘이 눈앞에서 터졌다 싶었다. 그러더니 500분의 1초도 안되어 자신의 몸이 종잇조각처럼 어딘가로 날아올랐다. 여러대의 광차가 가스압력으로 눈앞에서 빈 성냥갑보다 가볍게 튕겨날아갔다. 기억나는 건 거기까지. 얼마나 지났을까, 자신의 신음 소리에 눈을 떴다. 감독과 인부들이 폭발이 다른 데로 미치지 않도록 갱도에 벽을 만들고 있었다. 그때 그는 벽 너머로부터 구하려면 구할 수도 있을 광부의, 한번 들으면 가슴에 아로새겨져 결코 잊을 수 없는, 구조를 요청하는 목소리를 '확실히' 들었다. — 그는 갑자기 벌떡 일어나 미친 듯이,

"안돼, 안돼!" 하고 사람들 속으로 뛰어들며 소리를 질렀다. (그는 그전에 자기 손으로 그런 벽을 만든 적도 있었다. 그때는 아무렇지도 않았건만.)

"멍청이! 이쪽으로 불이 옮겨붙어봐, 엄청난 손해야."

하지만 점점 목소리가 잦아들고 있잖아! 그는 무슨 생각을 했던지 손을 흔들고 고함을 질러대며 무턱대고 갱도를 내달렸다. 몇번이나 고꾸라지고 갱목에 이마를 부딪혔다. 온몸에 진흙과 피로 칠갑을 했다. 도중에 광차의 침목에 걸려 배대되치기라도 당한 듯 레일 위로 내동댕이쳐져 다시 정신을 잃고 말았다.

그 이야기를 듣고 있던 젊은 어부가 말했다.

"글쎄, 여기도 별다를 거 없을 텐데……"

그는 광부 특유의 눈이 부신 듯한, 누리끼리하니 광채 없는 눈길로 어부를 응시하며 아무 말이 없었다.

아끼따, 아오모리, 이와떼에서 온 '농군 출신 어부'들 중에는 널찍하니 책상다리를 한 채 두 손을 가랑이 사이에 마주 끼우고 뚱하니 앉아 있는 이, 무릎을 끌어안고 기둥에 기대어 그저 무심하게 다른 사람들이 술을 마시거나 제멋대로 떠들어대는 소리를 듣고 있는 이들이 있다. ─동트기 전부터 밭에 나갔건만, 그래도 밥을 먹을 수 없어 쫓겨들어온 자들이었다. 큰아들 하나 남겨놓고─그래도 여전히 먹고살 수 없었다─딸은 여공으로, 둘째와 셋째도 어딘가로 돈벌이를 보내야만 했다. 냄비에 마구잡이로 콩을 볶듯이, 남은 이들이 잇달아 토지에서 튕겨나와 도시로 흘러들었다. 그들은 모두 '돈을 모아서' 내지로 돌아가기를 꿈꾸고 있다. 하지만 일을 하다가 일단 육지를 밟았다 하면, *끈끈이를 밟은 작은 새처럼* 하꼬다떼나 오따루에서 벗어나지 못하고 파닥파닥거린다. 그러다 보면 너무 간단히 '태어났을 때'와 조금도 다를 바 없는 알몸뚱이 가 되어 쫓겨났다. 고향으로 돌아갈 수 없게 되어버리는 것이다. 그들은 기댈 곳 하나 없이 눈 덮인 홋까이도오에서 '해를 넘기기' 위해 자신의 몸을 코 푼 휴지만큼 싼값에 '팔아야만 했다'. ─그 짓을 몇번이고 되풀이하면서도 싹수없는 아이들처럼 이듬해면 또다시 아무렇지도 않게(?) 같은 짓을 하곤 했다.

과자상자를 짊어진 장사꾼 여자며 약장수, 잡화상이 들어왔다. 그들은 방 한가운데 외딴섬처럼 구획된 곳에 각자 물건을 펴놓았다. 모두들 사방의 널판 아래위 침상에서 몸을 내밀고는 놀리거나 우스갯소리를 했다.

"과자 맛있어? 어이, 아가야?"

"앗, 뭐야!" 과자팔이 여자가 새된 소리를 지르며 벌떡 일어났다. "남의 엉뎅이를 만지믄 되나, 이 못된 사내야!"

과자를 우물거리던 사내가 사람들 시선이 죄다 자신에게 쏠리는 게 겸연쩍은지 낄낄거리고 웃었다.

"이년, 귀엽다이."

술에 취해 벽을 한 손으로 짚으며 변소에서 비틀비틀 자리로 돌아오던 사내가 검붉고 도톰한 여자의 뺨을 쿡 찔렀다.

"뭐여."

"화내지 마. ─이년을 안고 자야겠구먼."

그렇게 말하며 여자에게 익살스러운 표정을 지었다. 다들 웃었다.

"어이, 만두, 만두!"

저 안쪽에서 누군가가 큰 소리로 외쳤다.

"네에……"이런 데서는 듣기 힘든 맑은 목소리로 여자가 대답했다. "몇개요?"

"몇개? 두개나 있으면 병신이지.³ ─만두, 만두!" 갑자기 와아하는 웃음소리가 터졌다.

"얼마 전 타께다라는 사내가 저 보따리장수를 아무도 없는 데로 억지로 끌고 갔댜. 응, 재밌잖어. 근디, 아무리 해도 안되더라는 거여……" 술 취한 젊은 사내가 말했다. "남정네 속곳을 입고 있더라는겨. 타께다가 그걸 확 벗겨냈더니 그 안에 또 있었다는 거 아니여. 석장이나 입고 있었댜……" 사내가 목을 움츠리며 웃어댔다.

그 사내는 겨울 동안에는 고무회사 직공이었다. 봄이 되어 일이 없어지면 깜찻까에 돈벌이를 나가는 거였다. 어느 쪽 일이나 다 '계절노동'이었고 (홋까이도오의 일이란 거의 그렇다) 어쩌다 야간작업에 걸리면 계속해서 밤일을 해야 했다. 그는 "앞으로 한 삼년이라도 더 살 수 있으면 좋을 텐데"라고 말하곤 했다. 거친 고무처럼 죽은 피부색을 하고 있었다.

어부 일행 중에는 홋까이도오 오지의 개간지나 철도 부설 토목

---

3 일본어로 '만두'는 여성의 성기를 가리키는 은어로도 쓰인다.

공사장에 '타꼬'⁴로 팔려간 적이 있는 사람과 생계가 막막해 각지를 떠돌아다니던 '떠돌이', 술만 마시면 아무것도 필요 없고 그냥 그걸로 좋은 사람 등이 있었다. 아오모리 주변의 선량한 촌장에게 뽑혀 온 '아무것도 모르고' '나무뿌리처럼' 정직한 농부들도 거기 섞여 있다. ——그리고 이처럼 제각기 따로따로 모으는 것이 고용하는 입장에서는 가장 좋았다. (하꼬다떼의 노동조합은 깜찻까행 게 가공선의 어부들 속에 조직원을 끼워넣는 데 필사적이었다. 아오모리, 아끼따의 조합 등과도 연락을 취해가며. ——고용자 쪽에서는 그것을 무엇보다 두려워하고 있었다.)

새하얗게 풀 먹인 짧은 상의를 입은 급사가 '선미' 쪽 쌀롱⁵으로 맥주, 과일, 양주잔을 들고 바쁘게 오가고 있었다. 쌀롱에는 '회사의 무서운 사람, 선장, 감독, 그리고 깜찻까 경비를 맡고 있는 구축함장, 수상경찰서장, 선원조합 서기'가 있었다.

"니기미, 엄청들 처먹네." 급사는 잔뜩 화가 나 있었다.

어부의 '소굴'에 해당화 같은 작은 전구가 켜졌다. 담배 연기와 사람들의 훈기로 공기는 탁하고 냄새가 나서 방 전체가 꼭 '똥통' 같았다. 구획된 침상에서 뒹굴뒹굴하는 사람들은 꿈틀거리는 구더

---

4 '문어'를 뜻하는 일본어. 당시 홋까이도오와 사할린의 공사 현장이나 탄광에서 가혹한 육체노동에 시달린 노동자를 '타꼬'(蛸), 그들의 열악한 합숙소를 '타꼬베야'(蛸部屋)라고 불렀다. 이는 문어잡이 항아리 '타꼬쓰보'(蛸壺)에서 유래된 것으로, 한번 들어가면 자신의 힘으로는 절대 빠져나올 수 없는 가혹한 노동 환경을 빗댄 말이다.
5 선박 내 응접실.

기 같았다. ──어업감독을 앞세우고 선장, 공장 대표, 잡부장이 해치로 내려왔다. 선장은 끝이 올라간 수염이 신경 쓰이는지 자꾸만 손수건으로 윗입술을 닦아냈다. 통로에는 사과와 바나나 껍질, 흠뻑 젖은 작업화, 짚신, 밥알이 말라붙은 만두 따위가 버려져 있었다. 막힌 하수구가 따로 없었다. 감독은 그걸 힐끗 보더니 거리낌 없이 침을 뱉었다. ──다들 한잔 걸친 사람들답게 얼굴이 벌겠다.

"잠깐 이야기해두는데," 막노동꾼 십장처럼 건장한 감독이 한 발을 침상 칸막이 위에 올려놓고, 이쑤시개를 우물거려 가끔씩 이빨 사이에 낀 것을 퉤퉤 뱉어가며 입을 열었다.

"알고 있는 사람도 있겠지만, 두말할 것도 없이 이 게 가공선 사업은 그냥 한 회사의 돈벌이가 아니라 국제적으로 중대한 사업이다. 우리가──우리 일본제국 국민이 위대한가, 로스께⁶가 위대한가. 일대일의 싸움이지. 그런데 만약, 만약 말이야, 그런 일은 절대로 일어나서는 안되겠지만, 지는 일이 생긴다면 불알 찬 일본 남자들은 다 배를 가르고 깜챠까 바다로 뛰어들어야 할 거야. 몸집이 작다고 해서 저 멍청한 로스께들한테 질 수는 없으니까.

그리고, 우리 깜챠까 어업은 게 통조림뿐만 아니라 연어, 송어 할 것 없이, 국제적으로 말하자면 다른 나라와는 비교도 안되는 우수한 지위를 차지하고 있는데다가, 또 일본 국내의 꽉 막힌 인구문제, 식량문제 해결의 중대한 사명을 지니고 있다. 이딴 소리 해봤자

──────────────
6 일본에서 러시아인을 낮추어 부르던 멸칭.

18

네까짓 것들이 알아먹을 리도 없겠지만 어쨌든, 일본제국의 거대한 사명을 위해 우리는 목숨을 걸고 북해의 거친 파도를 헤치고 나아가야 한다는 걸 명심하기 바란다. 바로 그 때문에 그쪽에 가더라도 제국의 군함이 내내 우리를 지켜주게 되어 있는 거다…… 그런데, 요즘 유행하는 로스께들 흉내를 내서 당치도 않은 짓을 부추기는 놈이 있다면, 그놈이야말로 곧 일본제국을 팔아먹는 놈이다. 그런 일은 없겠지만 잘 기억해두기 바란다……"

감독은 술이 깨는지 재채기를 몇번이나 했다.

떡이 되게 취한 구축함장은 용수철 달린 인형같이 비척거리며, 대기하고 있던 작은 증기선에 타기 위해 트랩을 내려갔다. 수병들이 위아래서, 자갈이 담긴 커다란 마대 같은 함장을 끌어안고 내려가느라 쩔쩔매고 있었다. 손을 휘저어대고 발을 뻗대고 말도 안되는 소리를 질러대는 함장 때문에 수병은 몇번이나 얼굴에 제대로 '침'을 뒤집어썼다.

"겉으로는 어쩌고저쩌고 그럴듯한 소리를 해대면서 이게 뭔 꼴이야."

함장을 태운 뒤 한 사람이 트랩 층계참에서 로프를 풀다가 힐끗 함장 쪽을 보며 낮은 목소리로 말했다.

"해치워버릴까?!"

두 사람은 잠깐 숨을 멈췄다. 하지만…… 한목소리로 웃음을 터뜨렸다.

2

저 멀리 오른쪽으로 온통 잿빛 바다 같은 짙은 안개 속에서 슈꾸쓰의 등대가 회전할 때마다 깜빡깜빡하는 빛이 보였다. 등대가 다른 방향으로 회전할 때면 뭔가 신비로운 은백색 빛줄기가 길고 멀리 몇해리씩이나 주욱, 그어졌다.

루모이 만 언저리에서부터 추적추적 가는 비가 내리기 시작했다. 어부와 잡부 들은 가끔씩 집게발같이 곱은 손을 엇갈리게 품속에 찔러넣거나 입 주위를 두 손으로 둥글게 싸고 호오 하고 불어가며 일을 해야 했다. ─낫또오의 실 같은 비가 끊임없이, 흐릿한 바다에 내렸다. 왓까나이에 가까워질수록 빗줄기는 조금씩 굵어지더니, 드넓은 해수면에 깃발이라도 휘날리는 듯 너울이 생기면서 점점 잘고 잦은 파도가 밀려왔다. ──바람이 돛대에 부딪혀서 불길한 소리로 울어댔다. 대갈못이 헐거워지기라도 하는 듯 끼익끼익 하며 배 어딘가가 끊임없이 삐걱거렸다. 소오야 해협에 들어서면서 부터는 3000톤 가까운 배가 딸꾹질이라도 하듯 출렁, 출렁하기 시작했다. 뭔가가 굉장한 힘으로 훌쩍 들어올린다. 배가 한순간 허공에 뜬다. ──그러고는 덜렁, 제자리로 내려앉는다. 그때마다 엘리베이터를 타고 내려오는 순간의, 오줌을 지릴 것만 같은 근질근질한 불쾌감이 느껴졌다. 잡부는 뱃멀미를 하는지 누렇게 까라져서는 눈만 날카롭게 뜨고 왝왝거리고 있었다.

파도의 물보라로 흐려진 둥근 현창 너머로 사할린의 눈 덮인 연봉連峯이 이루는 견고한 능선이 얼핏얼핏 보였다. 하지만 그것은 창 너머에서 알프스의 빙산처럼 맹렬히 부풀어오르는 파도에 금세 가리고 만다. 꽁꽁 얼어붙은 깊은 골짜기가 만들어진다. 그것이 순식간에 가까워졌다가는 창에 철썩하고 부딪혀 깨지면서 쏴아…… 하고 포말을 이룬다. 그러고는 그대로 뒷걸음치다가 창 위를 미끄러져 파노라마처럼 흘러내린다. 배는 가끔씩 어린아이들이 그러듯 온몸을 부르르 떨었다. 널판에서 물건 떨어지는 소리, 끼익 하고 뭔가가 휘어지는 소리, 배 옆구리가 파도에 텀벙 부딪히는 소리가 들렸다. ──그러는 내내 기관실에서는 기관 소리가 갖가지 기구를 타고서 약간의 직접적인 진동과 함께 퉁, 퉁, 퉁…… 울려왔다. 때때로 배가 파도의 등에 올라타면 스크루 날개가 헛돌면서 해수면을 내리쳤다.

바람은 점점 더 강해져만 갔다. 두개의 돛대는 낚싯대처럼 휘어져 웽웽 울기 시작했다. 파도는 통나무 위를 한걸음에 넘듯 대수롭지 않게, 배 한쪽에서 다른 쪽으로 마치 폭력단과 같이 난폭하게 몰려왔다가는 흘러나갔다. 그 순간 출구는 쏴아, 하고 폭포가 되었다.

순식간에 솟아오른 산 같은 파도의 무시무시한 사면에 배가 장난감처럼 오도카니 올라앉는 경우가 있다. 그러고는 고꾸라지듯 왈칵왈칵, 골짜기 바닥으로 떨어져내린다. 당장이라도 가라앉을 듯하다! 하지만 골짜기 바닥에서 금세 또다른 파도가 불쑥 떠올라 철썩 배 옆구리를 내지른다.

오호쓰끄 해로 나아가니 바다는 더욱 확연하게 잿빛으로 바뀌었다. 옷 속으로 오싹오싹 한기가 스며들어 잡부들은 모두 멍든 것처럼 입술이 퍼레져서 일하고 있었다. 추워지면 추워질수록 소금처럼 바싹 마른 싸락눈이 휘익휘익, 점점 세차게 몰아쳤다. 그것은 잘게 부서진 유리 파편처럼 갑판에 납작 엎드려 일하고 있는 잡부와 어부 들의 얼굴이나 손에 꽂혔다. 파도가 한차례 쓸고 지나간 갑판은 금방 얼어붙어서 몹시 미끄러웠다. 갑판에서 갑판으로 로프를 걸고, 각자 기저귀 차듯 거기 매달려 작업해야만 한다. ―감독은 연어 잡는 곤봉을 들고 큰 소리로 호통을 쳐댔다.

하꼬다떼에서 동시에 출항한 게 가공선들은 어느새 뿔뿔이 흩어져버렸다. 그래도 완전히 알프스 꼭대기에 올라탔을 때는, 물에 빠진 사람이 두 손을 흔드는 것처럼 마구 흔들리는 두개의 돛대만

이 멀리 보이기도 했다. 담배 연기 같은 연기가 파도에 스치듯이 흩날리고 있었다. ……거센 파도와 고함 소리 속에서 그 배에서 울리는 것이 틀림없는 기적 소리가 간격을 두고 부우, 부우 하고 들려왔다. 하지만 다음 순간, 이쪽이 허우적거리듯이 골짜기 바닥으로 떨어져내렸다.

게 가공선에는 카와사끼선船7이 여덟 척 실려 있었다. 선원, 어부 가릴 것 없이, 수천마리의 상어처럼 허연 이빨을 드러내고 몰려오는 파도에 휩쓸리지 않도록 그것들을 붙들어매기 위해 자신들 목숨은 '헌신짝'처럼 내던져야 했다. ——"네까짓 놈들 한둘이 대수냐? 카와사끼 한척 날려봐라, 그걸로 끝장이야."——감독은 일본어로 분명히 말했다.

깜찻까 바다는 오기만 해봐라, 하며 벼르고 있었던 듯했다. 걸신들린 사자처럼 덤벼들었다. 배는 그야말로 토끼보다 더 보잘것없었다. 하늘 가득 휘날리는 눈발은 바람 따라 휘날리는 하얗고 커다란 깃발같이 보였다. 밤이 오고 있었다. 하지만 거친 파도는 멈출 기색이 없었다.

작업이 끝나면 다들 '똥통' 속으로 차례차례 기어들어갔다. 손발은 무처럼 얼어붙어 아무 감각도 없이 그냥 몸에 붙어 있었다. 누

---

7 폭 2.7미터, 길이 13.5미터의 일본식 소형선. 어부가 이 배를 타고 나가 어장을 선정하고 저인망을 투망한다. 작가의 '노트'에 의하면 이들 카와사끼선은 스스로는 움직일 수 없고 발동기선으로 끌게 되어 있었는데 1920년대 후반에는 10마력 정도의 엔진을 단 동력선이 일반적이었다고 한다. 여기 등장하는 카와사끼선은 동력이 붙은 소형선이라고 보아도 좋을 것이다.

에고치처럼 각자의 널판 속으로 들어가면 아무도 입을 떼는 사람이 없었다. 풀썩 드러누워 쇠기둥을 붙잡았다. 배는 등에 달라붙은 등에를 쫓는 말처럼 온몸을 마구 떨어대곤 했다. 어부들은 초점 없는 시선을 흰 페인트가 누렇게 바랜 천장이나 거의 바닷속에 잠기다시피 한 검푸른 창 쪽으로 돌렸고…… 개중에는 넋이 나간 듯 멍하니 입을 반쯤 벌리고 있는 이도 있었다. 모두들 아무 생각도 없었다. 막연하지만 불안한 자각이 그들을 기분 나쁜 침묵 속으로 몰아넣었다.

고개를 뒤로 젖히고 벌컥벌컥 위스키를 병째 들이켜고 있다. 누리끼리하게 흐려진 희미한 전등 아래서 반짝, 병 모서리가 빛났다.
─딸강, 딸강 하고 두세군데 갈지자로 부딪히며 빈 위스키병이 널판에서 통로로 팽개쳐졌다. 모두들 머리만 그쪽으로 돌린 채 눈으로 병을 쫓았다. ─구석 쪽에서 누군가가 성난 듯한 소리를 질렀다. 거친 비바람에 끊겨 토막토막 들려왔다.

"일본을 벗어나고 있어." 둥근 창을 팔꿈치로 닦으며 한 사내가 말했다.

'똥통' 안의 난로는 부지직거리며 연기만 내고 있었다. 연어나 송어로 잘못 알고 '냉장고'에 던져진 듯, 그 속에서 '살아 있는' 인간은 덜덜 떨고 있었다. 마포로 덮어둔 해치 위를 파도가 쏴아, 하며 큰 걸음으로 넘어갔다. 그때마다 마치 커다란 북 속에서처럼 '똥통'의 쇠 벽에 엄청난 반향이 일어났다. 가끔씩 어부들이 자고 있는 바로 옆이 마치 힘센 사내의 건장한 어깨에 받힌 듯 쿵, 하고 울렸다. ─지금 배는 단말마에 이른 고래가, 미쳐 날뛰는 파도 사이에서 괴로워 몸부림치는 바로 그 모습이었다.

"밥이다!" 취사 담당이 문 안으로 몸을 반쯤 들이밀고는 두 손을 입에다 나팔처럼 대고 소리쳤다. "파도가 거치니까 국물은 없다이."

"머시라고?"

"자반이 썩었어!" 얼굴을 찡그렸다.

제각기 몸을 일으켰다. 밥을 먹는 데는 모두들 죄수 같은 집념을 가지고 있었다. 걸신들린 듯했다.

책상다리로 앉은 가랑이 사이에 자반 접시를 놓고, 김을 후후 불어가며 찰기 없이 푸슬푸슬한 뜨거운 밥을 볼이 미어지게 밀어넣고는 혓바닥 위에서 성마르게 이쪽저쪽으로 굴렸다. '처음으로' 뜨거운 것을 코 앞에 가져간 탓에 콧물이 자꾸만 흘러내려 자칫하면 밥 속에 툭 떨어질 것 같았다.

밥을 먹고 있는데 감독이 들어왔다.

"참, 거지들처럼 게걸스럽게 처먹는군. 일도 제대로 못한 날 밥만 배 터지게 처먹어도 되는 거야?"

흘깃흘깃 널판 아래위를 훑어보더니 왼쪽 어깨만을 앞으로 나부대며 나가버렸다.

"도대체 저 자식이 저따위 소리 할 권리가 있는 거야?" ─뱃멀미와 과로로 홀쭉하니 여윈 학생 출신이 툴툴거렸다.

"아사까와라는데, 게 가공선의 아사야, 아사의 게 가공선이야?"

"천황 폐하는 구름 위에 있으니 우리하고 별 상관 없지만, 아사는 그렇지도 않잖아?"

다른 쪽에서,

"쩨쩨하게 굴지 말라 그려. 머여, 밥 한두 그릇 가지고! 패버려!"

불평 어린 목소리였다.

"잘났다, 잘났어. 그 말을 아사 앞에서 하면 휘얼 더 잘났지!"

모두들 다른 수가 없으니, 화는 나면서도 웃고 말았다.

밤이 이슥해졌을 때 비옷을 입은 감독이 어부들이 자고 있는 곳으로 들어왔다. 배가 심하게 흔들리는 탓에 널판 턱을 붙잡고 버티면서 어부들을 하나하나 칸델라로 비추고 돌아다녔다. 호박처럼 뒹굴고 있는 머리를 함부로 홱홱 돌리며 칸델라로 비춰 보았다. 두들겨팬들 눈이 뜨일 리가 없었다. 전부 비춰 보고 나더니 잠깐 걸음을 멈추고 혀를 찼다. 어떻게 할까 생각하는 모양이었다. 하지만 곧바로 옆의 식당 쪽으로 걸음을 옮겼다. 부챗살처럼 퍼지는 푸르스름한 칸델라 불빛이 흔들릴 때마다 너저분한 널판 귀퉁이나 목이 긴 고무장화, 기둥에 걸어둔 옷이나 작업복, 그리고 고리짝 같은 것들의 일부가 힐끗힐끗 비치다가 사라졌다. ─발밑에 불빛이 흔들리며 일순 모이는가 싶더니 이번에는 식당 문에 환등과도 같은 둥근 불빛이 비쳤다. ─다음 날 아침이 되어서야 잠부 하나가 없어졌다는 게 알려졌다.

다들 전날의 그 '무지막지한 작업'을 떠올리며 '아마도 파도에 휩쓸렸을 거야' 하고 생각했다. 언짢았다. 하지만 날이 채 밝기도 전부터 일에 쫓기다보니 그 일에 대해서 서로 이야기를 나눌 새도 없었다.

"이렇게 차가운 물에, 누가 좋다고 뛰어들었을라구! 어디 숨어 있을 거야. 찾기만 하면, 개새끼, 허벌나게 패줄 테니까!"

감독은 곤봉을 장난감처럼 빙글빙글 돌리며 배 안 여기저기를 뒤지고 다녔다.

폭풍은 고비를 넘긴 듯했다. 그런데도 배가 높아진 파도 속으로 들어가면 파도는 마치 자기 집 문지방을 넘어가듯 아무렇지도 않게 바깥쪽 갑판을 타넘어왔다. 하루 밤낮에 걸친 싸움으로 만신창이가 되었는지 배는 어딘가 절뚝거리는 듯한 소리를 내며 나아가고 있었다. 옅은 연기 같은 구름이 손에 닿을 듯 머리 바로 위쪽에서 돛대를 치고는 바람에 급히 방향을 꺾어 날아갔다. 으스스 차가운 비가 아직 그치지 않고 있었다. 사방에서 파도가 맹렬한 기세로 차올라오자 바다에 떨어지는 빗줄기가 선명하게 보였다. 그것은 원시림 속에서 헤매다가 비를 만난 것보다 더 무서웠다.

삼으로 꼰 로프는 쇠파이프라도 된 듯 꽁꽁 얼어 있었다. 학생 출신이 미끄러지는 발바닥에 온 신경을 집중하며 그것을 잡고 갑판을 넘어가다가 트랩을 두 칸씩 뛰어오르던 급사와 마주쳤다.

"잠깐." 급사가 바람을 피할 만한 구석 쪽으로 끌고 갔다. "재미있는 일이 있어" 하고 이야기를 들려주었다.

─오늘 새벽 2시경이었다. 갑판 위까지 파도가 쳐올라와 잠깐 머물렀다가는 철썩철썩 쏴아, 하고 폭포처럼 흘러내리고 있었다.

칠흑 같은 어둠 속에서 파도가 드러낸 허연 이빨이 가끔씩 푸르스름하게 빛났다. 폭풍 때문에 모두들 잠을 못 이루고 있었다. 그때였다.

선장실로 무전사가 당황해서 뛰어들어왔다.

"선장님, 큰일났습니다. SOS입니다!"

"SOS? ――어느 배야?"

"치찌부마루입니다. 우리 배와 나란히 가고 있었습니다."

"고물 배야, 그건!" ――아사까와가 비옷을 입은 채 구석 쪽 의자에 가랑이를 쩍 벌리고 앉아 있었다. 한쪽 구두코만을, 깔보듯 까딱거리며 웃었다. "하긴 어느 배든지, 다 써금써금하긴 하지."

"잠시도 지체할 수 없는 상황인 것 같습니다."

"음, 그거 큰일이군."

선장은 조타실로 올라가기 위해 비옷도 걸치지 않은 채 서둘러 문을 열려고 했다. 그러나 아직 문이 열리기도 전이었다. 갑자기 아사까와가 선장의 오른쪽 어깨를 잡았다.

"쓸데없이 돌아가라고, 누가 명령했어?"

누가 명령했느냐고? '선장'이 아닌가. ――워낙 갑작스러운 일이라 선장은 말뚝보다 더 멍해져 우두망찰했다. 그러나 이내 자신의 자리를 되찾았다.

"선장으로서다."

"선장으로서다――아?!"

선장 앞을 막아선 감독이 끝을 올리는 모욕적인 말투로 짓누르고 나왔다. "어이, 도대체 이게 누구 배야. 회사가 빌린 거야, 돈 내고. 이래라저래라 할 수 있는 건 회사 대표인 스다 씨하고 바로 나야. 너 따위, 선장이라고 큰소리쳐봤자 똥 닦는 휴지만도 못하다구. 알어? ─그딴 일에 걸려봐. 한주가 그냥 날아가는 거야. 농담하나? 하루라도 늦어져봐! 게다가 치찌부마루에는 보상을 받고도 넘칠 만큼 보험금이 걸려 있어. 고물선이잖아. 차라리 가라앉으면 득 보는 거라구."

급사는 '금세라도' 무시무시한 싸움이 벌어지겠군! 하고 생각했다. 이걸로 끝날 리가 없다. 하지만(!) 선장은 목구멍에 솜뭉치라도 쑤셔넣은 듯 꼼짝 못하고 서 있는 게 아닌가. 급사는 선장이 이러는 걸 그때까지 한번도 본 적이 없었다. 선장의 말이 먹히지 않는다? 젠장, 이런 어처구니없는 일이! 하지만 지금 그런 일이 일어난 것이다. 급사로서는 도무지 이해할 수가 없었다.

"주제넘게 무슨 인정머리 같은 걸 들고 나와서야 국가와 국가 간의 대전을 치를 수 있겠나!" 감독이 입술을 잔뜩 일그러뜨리며 침을 뱉었다.

무전실에서는 수신기가 이따금 조그맣고 푸르스름한 스파크를 내며 끊임없이 울리고 있었다. 어쨌든 일의 경과를 보기 위해 다들 무전실로 갔다.

"이거 보세요, 이렇게까지 타전을 하고 있습니다. ─점점 빨라지는데요."

무전사는 자신의 어깨 너머에서 들여다보고 있는 선장과 감독에게 설명했다. ──다들 은연중에 어깨와 어금니에 힘을 주고, 갖가지 기계의 스위치와 버튼에 눈을 고정한 채 무전사의 손가락이 여기저기 부산하게 움직이는 것을 꼼짝 않고 바라보았다.

배가 흔들릴 때마다 벽에 종기처럼 붙어 있는 전등이 밝아졌다 어두워졌다 했다. 철문 너머로, 배 옆구리에 세차게 부딪히는 파도 소리와 끊임없이 울려대는 불길한 경적이 바람 부는 대로 멀어졌다가 바로 머리 위에서 울리듯 가까워졌다가 하며 들려왔다.

지익, 지익 하고 길게 꼬리를 끌며 불꽃이 흩어졌다. 그러더니 소리가 뚝 멎어버렸다. 그 순간 모두 가슴이 철렁 내려앉았다. 무전사는 당황해서 스위치를 돌리기도 하고 기계를 성마르게 조작하기도 했다. 하지만 그걸로 끝이었다. 더이상 무전은 오지 않았다.

무전사는 몸을 뒤틀어 회전의자를 빙그르 돌렸다.

"침몰했습니다……"

머리에 썼던 수신기를 벗으면서 낮은 목소리로 말했다.

"승무원 425명. 최후를 맞음. 구조 가능성 없음. SOS, SOS, 이렇게 두세번 이어지더니 무전이 끊기고 말았습니다."

그 말을 듣자 선장은 목덜미와 옷깃 사이에 손을 넣고는 숨이 막히는 듯 머리를 흔들며 목을 길게 뺐다. 무의미한 시선으로 불안하게 주변을 둘러보고는 문 쪽으로 돌아서버렸다. 그러고는 넥타이 매듭 부분을 눌렀다. ──급사는 차마 선장을 보고 있을 수가 없었다.

학생 출신은 "음, 그랬군!" 하고 말했다. 그 이야기에 사로잡혀 있었다. ──하지만 어두운 기분이 들어 바다로 눈을 돌렸다. 바다는 아직도 거대한 파도로 넘실대고 있었다. 수평선이 어느 순간 발 아래 있는가 싶다가는 다시 이삼분도 안되어 골짜기에서 좁다란 하늘을 올려다보듯이 아래로 끌려내려갔다.

"정말로 침몰했으려나?" 학생 출신이 혼잣말로 중얼거렸다. 신경이 쓰여서 견딜 수 없었다. ──마찬가지 고물선에 타고 있는 자신들의 처지에 부아가 치밀었다.

게 가공선은 전부 고물선이었다. 노동자가 북오호쯔끄의 바다에서 죽는다 한들, 토오꾜오 본사 빌딩에 있는 회사 중역에게는 별일 아니었다. 자본주의가, 판에 박힌 곳에서 나는 이윤만으로는 벽에 부딪혀 금리가 내려가고 돈이 남아돌게 되자 '말 그대로' 무슨 짓이든 하고 어디서든지 필사적으로 활로를 뚫으려 들었다. 그런 판에 배 한척으로 고스란히 몇십만 엔이 손에 들어오는 게 가공선── 그들이 제정신이 아닌 것도 무리가 아니다.

게 가공선은 '공장선'이지 '항해선'이 아니다. 그래서 항해법은 적용되지 않았다. 이십년 동안이나 줄곧 매어놓기만 해서 침몰시키는 것 외에는 달리 방법이 없어 비틀거리는 '매독 환자' 같은 배가, 부끄러운 줄도 모르고 겉만 번드르르하게 짙은 화장을 하고 하꼬다떼로 돌아왔다. 러일전쟁에서 '명예롭게도' 절뚝발이가 되어 물고기 창자처럼 버려졌던 병원선이나 운송선이 유령보다도 생기 없는 모습으로 나타났다. ──그것들은 증기를 조금만 세게 올려도 파이프가 터져버렸다. 러시아 감시선에 쫓겨 속도를 올리면 (그런 일이 여러번 있었다) 배의 모든 부분이 우지직 소리를 내며 금방이라도 조각조각 분해되어버릴 것 같았다. 중풍 환자처럼 전신을 떨었다.

그런데도 전혀 상관없었다. 왜냐하면 일본제국을 위해 모두가 다 떨쳐 일어나야 할 '때'였으므로. ──더구나 게 가공선은 완전히 '공장'이었다. 하지만 공장법의 적용도 받지 않는다. 그러니 이토록 편하게, 제멋대로 할 수 있는 것도 없었다.

영리한 중역은 이 사업을 '일본제국을 위해'와 연결했다. 믿기 어려울 정도의 돈이, 그것도 몽땅 그의 품으로 들어온다. 그는 그러나 그것을 좀더 확실한 것으로 만들기 위해 '국회의원'에 출마하기로, 자동차로 드라이브를 하면서 생각하고 있다. ──하지만 그것과 단 일분도 어긋나지 않은 시각, 치찌부마루의 노동자는 몇천 마일이나 떨어진 북쪽의 어두운 바다에서, 깨진 유리 조각처럼 날카로운 파도와 바람에 맞서 사투를 벌이고 있는 것이다!

······학생 출신은 '똥통' 쪽으로 트랩을 내려가면서 생각했다.

'남의 일이 아니야.'

'똥통'의 사다리를 내려가자 바로 맞은편 벽에 오자투성이로,

잡부 미야구찌를 발견한 자에게는 담배 2갑, 수건 1장을 상품으로 지급하겠음.

아사까와 감독

이렇게 쓴 종이가, 풀 대신에 밥풀로 붙인 자국이 우툴두툴 보이게
붙어 있었다.

3

안개비가 며칠이고 그치질 않았다. 그래서 뿌옇게 흐려진 깜찻까의 해안선이 미끌미끌한 칠성장어처럼 기다랗게 보였다.

연안에서 4해리 부근에 핫꼬오마루가 닻을 내렸다. ──3해리까지가 러시아 영해이기 때문에 그 안으로는 들어갈 수 없게 '되어 있었다'.

어망 손질이 끝나 언제라도 게잡이를 할 수 있도록 준비되었다. 깜찻까의 새벽은 2시경에 시작되니 어부들은 완벽하게 채비를 하고 허벅지까지 오는 고무장화를 신은 채로 칸막이에 들어가 등걸 잠을 잤다.

거간꾼에게 속아 끌려온 토오꾜오의 학생 출신이, 이럴 수는 없다며 투덜거리고 있었다.

"혼자 자는 거라고 속여넘기더니!"

"속인 거 아녀. 혼자 자긴 허지. 등걸잠이지만."

학생은 열일고여덟명이 와 있었다. 60엔을 가불해서 기찻삯, 숙박비, 담요, 이불, 그리고 소개비를 물고 나니 배에 도착했을 때는 한 사람당 7, 8엔의 빚(!)을 지고 있었다. 그걸 처음 깨달았을 때는 돈이라고 생각하고 움켜쥔 것이 낙엽이었을 때보다 더 황당했다. ─처음에 그들은 도깨비들에게 둘러싸인 망자들처럼 어부들 틈에서 자기들끼리만 따로 모여 있었다.

하꼬다떼에서 출항한 지 나흘째 되던 무렵부터, 매일 퍼슬퍼슬한 밥에다가 언제나 똑같은 국물만 주니 학생들 모두 몸 상태가 나빠지고 말았다. 침상에 들어가면 무릎을 세우고 서로의 정강이를 손가락으로 눌러보곤 했다. 그것을 몇번이고 되풀이하면서 그때마다 움푹 들어갔다느니 안 들어갔다느니 하며, 그들의 기분은 잠깐씩 밝아졌다가 어두워졌다가 했다. 정강이를 쓰다듬어보면 약한 전기에 감전이라도 된 듯이 저려온다는 이가 두셋 나왔다. 널판 끄트머리에 양쪽 다리를 늘어뜨리고 무릎을 주먹으로 쳐서 다리가 위로 튀어오르는지 아닌지를 시험해보기도 했다. 더 나쁜 것은 네댓새가 지나도록 '대변'을 볼 수 없다는 것이었다. 학생 하나가 의사에게 변비약을 얻으러 갔다. 돌아온 학생은 흥분해서 얼굴이 창백해져 있었다. ─"그런 사치스러운 약 따윈 없대."

"그렇겠지. 선의船醫라는 게 그렇지." 옆에서 듣고 있던 늙은 어부가 말했다.

"어디 의사든 마찬가지야. 내가 일하던 회사 의사도 그랬어." 광
산에서 온 어부였다.

모두들 뒹굴뒹굴 누워 있는데 감독이 들어왔다.

"다들 자나? ──잠깐만 들어. 치찌부마루가 침몰했다는 무전이
들어왔다. 생사에 관한 자세한 사항은 모른다고 한다." 입술을 씰
룩이며 퉤하고 침을 뱉었다. 버릇이었다.

학생은 급사에게 들은 이야기가 곧바로 머리에 떠올랐다. 자기
가 뻔히 제 손으로 죽인 노동자 사오백명의 목숨에 대한 이야기를
태연히 하고 있네, 바다에 처박아버려도 시원찮을 놈이야, 하고 생
각했다. 모두들 부스스 고개를 들었다. 갑자기 웅성웅성하기 시작
했다. 아사까와는 그렇게만 말하고 왼쪽 어깨를 흔들어대며 나가
버렸다.

행방이 묘연했던 잡부가 이틀 전 보일러실에서 나오다가 붙잡
혔다. 이틀을 숨어 있었는데 배가 너무 고파 견디지 못하고 도로
나온 것이었다. 붙잡은 것은 중년을 넘긴 어부였다. 젊은 어부가 그
어부를 두들겨패주겠다며 화를 냈다.

"시끄러워. 담배도 안 피우는 놈이 담배 맛을 알 리가 있나." 담
배 두 갑을 받은 어부는 맛있게 담배를 피우고 있었다.

감독은 잡부에게 셔츠 한장만 입혀서 두 칸 있는 변소 중 한 칸
에 가두고는 바깥에서 자물쇠를 채워버렸다. 처음에는 모두 변소
가기를 꺼렸다. 옆에서 울부짖는 소리를 차마 들을 수 없어서였다.

둘째 날에는 목이 쉬어서 꺼억꺼억 하고 있었다. 그러더니 그 신음소리도 점차 뜸해져갔다. 그날 저물녘에 일을 마친 어부가 걱정이 되어 변소 쪽으로 가봤으나 이미 안에서는 문 두들기는 소리도 들리지 않았다. 이쪽에서 신호를 보내도 반응이 없었다. ─밤늦게 변기를 한 손으로 붙잡은 채 휴지통에 머리를 처박고 쓰러져 있던 미야구찌가 끌려나왔다. 푸른 잉크를 칠한 듯, 입술 색이 완전히 죽어 있었다.

아침은 추웠다. 날이 밝기는 했지만 아직 3시였다. 모두들 곱은 손을 품속에 집어넣고 등을 웅크린 채 일어나 나왔다. 감독은 잡부나 어부, 하급선원, 화부 들의 방까지 돌아다니며 감기에 걸렸건 병이 났건 상관없이 모두 끌어냈다.

바람은 없었지만 갑판에서 일을 하고 있자면 나무막대기처럼 손끝과 발끝의 감각이 없어졌다. 잡부장이 큰 소리로 욕지거리를 해가며 잡부 열댓명을 공장으로 몰아넣었다. 그가 들고 있는 대나무 끝에는 가죽이 달려 있었다. 그것은 공장에서 게으름을 피우는 자를 기계 너머에서도 후려칠 수 있도록 만들어져 있었다.

"아까는 어젯밤에 끌려나와 말도 제대로 못하는 미야구찌를 오늘 아침부터 어떻게든 일을 시키겠다면서 발로 차고 있더라구."

학생 출신과 친해진 몸 약한 잡부가 잡부장의 얼굴을 힐끗힐끗 살피며 알려주었다. "아무리 해도 움직이지 않으니까 결국 포기한 모양이지만."

그때 몸을 덜덜 떨고 있는 잡부를 감독이 뒤에서 쿡쿡 찌르며 밀고 왔다. 그 잡부는 찬비에 젖어가며 일하다가 감기에 걸리는 바람에 늑막이 상해 있었다. 춥지 않을 때도 온종일 몸을 떨었다. 어린아이답지 않게 미간에 주름이 잡히고 핏기 없는 얇은 입술을 묘하게 일그러뜨린 아이는 몹시 신경질적인 눈빛을 하고 있었다. 추위를 견디지 못하고 보일러실에서 얼쩡거리다가 발각된 것이었다.

출어를 위해 카와사끼선을 윈치에서 내리고 있던 어부들은 그 두 사람이 지나가는 것을 말없이 지켜보았다. 마흔쯤 돼 보이는 어부는 차마 볼 수 없다는 듯이 얼굴을 돌리더니 도리질하듯 머리를 두세번 흔들었다.

"감기에 걸리거나 자빠져 자라고 비싼 돈 주고 데리고 온 게 아니라구. ─ 멍청이들, 쓸데없는 거 안 봐도 돼!"

감독이 갑판을 곤봉으로 두들겼다.

"감옥이라도, 이보다 더한 곳은 본 적이 없어!"

"이런 거, 고향에 돌아가서 아무리 이야기해봐야 믿지도 않아."

"그렇지. ─ 도대체 이런 일이 있을 수 있겠어?"

뱃머리에서 윈치가 드륵드륵 돌아가기 시작했다. 카와사끼선 선체가 공중에서 흔들거리며 일제히 내려가기 시작했다. 하급선원과 화부 들도 내몰려나와 미끄러운 갑판 위를 조심조심 뛰어다니고 있었다. 그들 속에서 감독은 볏을 세운 수탉처럼 돌아다녔다.

일이 일단락되어 학생 출신이 잠깐 바람을 피해 짐 뒤쪽에 앉아 있으려니 탄광에서 온 어부가 입가를 두 손으로 둥글게 감싸고 호호 입김을 불며 모서리를 돌아나왔다.

"목숨을 걸어야 하는군!" 그것이 — 마음속에서 문득 튀어나온 실감이 자기도 모르게 학생의 가슴을 후려쳤다. "역시 탄광이나 다를 게 없어. 죽을 각오를 하지 않으면 살아남지 못해. — 가스도 겁나지만 파도도 무섭네."

정오를 지나면서 하늘이 어딘가 달라지기 시작했다. 엷은 해무가 온통 — 하지만 아니라고 하면 또 그런 것도 같게, 엷게 덮였다. 파도는 보자기라도 집어올리듯 무수한 삼각형을 만들며 일기 시작했다. 바람이 갑자기 돛대를 울리며 불어왔다. 짐을 덮어둔 마포 자락이 갑판을 파닥파닥 두들겼다.

"토끼가 뛴다. — 토끼가!" 누군가가 큰 소리로 외치며 우현 갑판을 뛰어갔다. 그 목소리는 곧장 세찬 바람에 아무 의미 없는 부르짖음으로 흩어져버렸다.

어느새 바다는 온통 하얀 물보라를 날리는 삼각파도로 뒤덮였다. 그 모습이 마치 무수한 토끼가 대평원을 뛰어다니는 듯했다. — 깜찻까 '돌풍'의 전조였다. 갑자기 바닷물의 흐름이 빨라졌다. 배가 옆으로 움직이기 시작했다. 조금 전까지 우현에 보이던 깜찻까가 어느새 좌현으로 와 있었다. — 배에 남아 일을 하던 어부와 하급선원 들이 갑자기 허둥대기 시작했다.

머리 바로 위에서 경적이 울리기 시작했다. 모두들 우뚝 선 채, 하늘을 올려다보았다. 바로 아래에 있어서인지, 비스듬히 뒤로 튀어나와 있는 엄청나게 굵은 목욕통 같은 굴뚝이 흔들흔들하고 있었다. 그 굴뚝 중간쯤의 독일식 모자 같은 곳에서 울리는 경적이

미쳐 날뛰는 폭풍우 속에서 왠지 비장하게 들렸다. ──본선을 떠나 멀리 고기잡이 나가 있던 카와사끼선들이 끊임없이 울리는 이 경적에 의지해 폭풍우를 헤치며 돌아오는 것이다.

어둑한 기관실 입구 쪽에 어부와 하급선원 들이 한데 모여 웅성거리고 있었다. 비스듬히 위쪽으로부터 배가 흔들릴 때마다 깜빡깜빡 희미한 빛줄기가 새고 있었다. 흥분한 어부들의 가지각색의 얼굴이 순간순간 떠올랐다 사라졌다.

"뭔 일이야?" 광부 출신이 그 속으로 끼어들었다.

"아사까와 이 새끼, 때려죽여버리겠어!" 살기등등했다.

감독은 실은 오늘 아침 일찍 본선으로부터 10해리 정도 떨어진 곳에 정박해 있던 ××호로부터 '돌풍' 경계경보를 받았다. 만약 카와사끼선이 작업을 나가 있다면 신속히 불러들이라는 말까지 덧붙어 있었다. 그때 "이 정도 가지고 벌벌 떨다가는 이 깜찻까까지 와서 무슨 일을 하겠나?" ──그렇게 아사까와가 말한 사실이 무전사에게서 흘러나왔다.

그 말을 맨 먼저 들은 어부는 무전사가 아사까와라도 되는 듯 호통을 쳤다. "사람의 목숨을 뭐라고 생각하는 거야?"

"사람 목숨?"

"그래."

"하지만 아사까와는 애시당초 너희를 사람이라고 생각하지도 않았어."

뭔가 말하려던 어부는 말문이 막혀버렸다. 그는 얼굴이 시뻘게

졌다. 그러고는 모두가 있는 곳으로 달려온 것이었다.

그들은 어두운 얼굴로, 하지만 싸울 수도 없어 속에서 부글부글 끓어오르는 흥분을 가라앉히지 못한 채 멍하니 서 있었다. 아버지가 카와사끼선을 타고 나가 있는 잡부가, 어부들이 모여 있는 주변에서 안절부절못했다. 마룻줄이 끊임없이 울리고 있었다. 머리 위에서 울리는 그 소리를 듣고 있으려니 어부들의 마음은 갈기갈기 찢기는 듯했다.

저녁 무렵 함교에서 커다란 함성이 일었다. 밑에 있던 이들은 계단을 두 칸씩 뛰어올라갔다. ─카와사끼선 두척이 접근해온 것이다. 두척은 서로 밧줄로 걸어매고 있었다.

카와사끼선은 바로 코앞에 와 있었다. 하지만 거대한 파도가 격렬하게 흔들어대는 통에 카와사끼선과 본선은 시소 양 끝에 올라탄 듯이 번갈아가며 올라갔다 내려갔다 했다. 두 배 사이에서 거대한 너울이 잇따라 솟아올라 배가 좌우로 흔들렸다. 바로 코앞에 있으면서도 좀처럼 다가오지 못했다. ─조바심이 났다. 갑판에서 로프를 던졌다. 하지만 미치지 못했다. 쓸데없는 물보라만 일으키고 바다로 떨어졌다. 로프는 바다뱀처럼 도로 끌어당겨졌다. 그러기를 몇번이고 되풀이했다. 이쪽에서는 모두 목소리를 모아 동료들을 불렀다. 하지만 대답이 없었다. 어부들의 얼굴은 가면처럼 굳어 움직이지 않았다. 뭔가를 바라보면 그 순간, 눈도 그대로 굳은 듯 꼼짝하지 않았다. ─차마 눈 뜨고는 볼 수 없는 그 정경은 어부들의 가슴을 처참하게 후벼팠다.

또 로프가 던져졌다. 처음엔 용수철처럼—그러고는 뱀장어처럼 로프 끝이 뻗어나가는가 싶더니—그 끝이, 그걸 붙잡으려고 두 손을 내밀고 있던 어부의 목덜미를 옆으로 냅다 후려쳤다. 모두들 "앗!" 하고 소리쳤다. 어부는 그대로 나동그라졌다. 하지만, 붙잡았다!—로프는 한껏 당겨졌고, 물을 뚝뚝 흘리며 일직선으로 팽팽해졌다. 이쪽에서 보고 있던 어부들의 어깨에서 자기도 모르게 힘이 쭉 빠졌다.

마룻줄은 바람이 부는 데 따라 끊임없이 높아졌다 멀어졌다 하며 울었다. 저녁때까지는 그나마 두 척만 빼고 전부 돌아왔다. 어부들은 본선 갑판을 밟자마자 정신을 잃었다. 한 척은 물이 차는 바람에 닻을 내린 채 어부만 다른 카와사끼선에 옮겨타고 돌아왔다. 다른 한 척은 어부까지 몽땅 행방불명이었다.

감독은 잔뜩 화가 나 있었다. 몇번이고 어부들 방으로 내려왔다 올라갔다 했다. 그때마다 모두들 그를 때려죽일 듯 증오에 찬 눈으로 말없이 바라보곤 했다.

이튿날, 카와사끼선 수색을 겸해서 게 무리의 뒤를 쫓아 본선이 이동하기로 했다. '인간 대여섯마리야 아무것도 아니지만 카와사끼선이 아까웠기' 때문이다.

아침 일찍부터 기관실이 부산했다. 닻을 올리는 진동이 닻실 벽과 등을 맞대고 있는 어부들을 콩 볶듯이 튕겨냈다. 그때마다 너덜너덜해진 벽의 철판이 부스러져내렸다.—핫꼬오마루는 북위 51

도 5분 지점까지 닻을 내렸던 제1호 카와사끼선을 수색했다. 얼음 파편들이 마치 살아 있는 생물처럼, 느린 물결 사이로 이따금씩 모습을 드러내며 흐르고 있었다. 하지만 그 부서진 얼음들이 순식간에 커다란 덩어리를 이루어 거품을 내며 부지불식간에 배를 둘러싸버리는 곳이 군데군데 있었다. 얼음은 김을 내듯 수증기를 내뿜고 있었다. 그러면 선풍기라도 돌리는 듯 '한기'가 몰아닥쳤다. 배의 모든 부분에서 갑자기 카랑카랑 소리가 나면서, 물에 젖어 있던 갑판과 난간이 순식간에 얼어붙었다. 서릿발이 앉은 선체는 하얀 가루라도 뿌려놓은 것처럼 반짝반짝 빛났다. 하급선원과 어부는 두 볼을 감싸고 갑판을 뛰어다녔다. 배는 뒤쪽으로 기다랗게, 광야에 뻗은 외길 같은 자국을 남기며 돌진했다.

카와사끼선은 좀처럼 보이지 않았다.

9시 가까이 되어 함교에서 전방에 떠 있는 카와사끼선 한척을 발견했다. 그러자 감독은 "빌어먹을, 이제야 찾았구나, 우라질!" 하고 갑판을 내달으며 기뻐했다. 곧바로 발동기선이 내려졌다. 하지만 그것은 찾고 있던 제1호가 아니었다. 그보다 훨씬 새것이었고 제36호라는 번호가 새겨져 있었다. 분명히 ×××호의 것으로 보이는, 쇠로 된 부표가 붙어 있었다. ×××호가 어디론가 이동하면서 원래 위치를 표시하기 위해 두고 간 것이 틀림없었다.

아사까와는 카와사끼선의 동체를 손끝으로 통통 두드렸다.

"이건 왜 이리 빵빵한 거야." 히죽 웃었다. "끌고 간다."

그렇게 제36호 카와사끼선은 윈치로 핫꼬오마루 갑판에 끌어올려졌다. 카와사끼선의 선체는 공중에서 흔들리며 물방울을 주룩주룩 갑판 위로 떨어뜨렸다. '한건 했다'는 듯 의기양양한 태도로 끌려올라오는 카와사끼선을 바라보던 감독이,

"대단하다, 대단해!"하며 혼잣말을 했다.

어망 손질을 하던 어부가 그 꼴을 보며 말했다. "뭐야, 도둑고양이! 체인이나 끊어져서 저놈 대가리가 박살나면 좋겠네."

감독은 일하는 그들 한 사람 한 사람을, 거기서 뭔가 도려내기라도 할 듯한 눈길로 내려다보면서 지나갔다. 그러고는 탁한 목소리로 성급히 목수를 불렀다.

그러자 다른 쪽 해치 입구에서 목수가 얼굴을 내밀었다.

"무슨 일입니까?"

예상이 빗나가자 감독은 뒤돌아보며 화난 기색으로 "무슨 일? ──멍청이, 번호를 지워야지. 대패, 대패" 했다.

목수는 영문을 모르겠다는 얼굴이었다.

"멍텅구리, 따라와!"

어깨가 넓은 감독 뒤를 따라, 톱을 허리에 꽂고 대패를 든 몸집 작은 목수가 다리를 저는 듯 위태로운 걸음으로 갑판을 건너갔다. ──제36호 카와사끼선의 '3'이 대패로 깎여나가 '제6호 카와사끼선'이 되고 말았다.

"이제 됐어. 이제 됐다구. 와하하, 이거 좀 봐!" 감독은 입을 세모꼴로 일그러뜨리더니 까치발이라도 할 듯이 웃어젖혔다.

거기서 더 북쪽으로 가봤자 카와사끼선을 발견할 가능성은 없

었다. 제36호 카와사끼선을 건져올리느라 멈췄던 배는 원래 위치로 돌아가기 위해 천천히 커다란 원을 그리며 돌기 시작했다. 하늘은 맑게 개어 씻긴 듯이 청명했다. 깜찻까의 연봉이 그림엽서에서 본 스위스의 능선처럼 선명하게 빛나고 있었다.

행방불명된 카와사끼선은 돌아오지 않았다. 어부들은 웅덩이처럼 비어 있는 널판에서 그들이 남기고 간 짐이나 가족의 주소를 찾는 등 만일의 경우에 바로 대처할 수 있도록 정리를 했다. 기분이 좋을 리 없었다. 그 일을 하면서 어부들은 마치 자신의 아픈 곳을 누군가가 들여다보는 듯한 고통을 느꼈다. 짐 속에서, 보급선이 오면 보내려고 같은 성을 쓰는 여자 앞으로 싸둔 소포나 편지가 나왔다. 그중 한 사람의 짐에서는 카따까나와 히라가나가 섞인, 연필로 침을 발라가면서 쓴 편지가 나왔다. 그것은 투박한 어부들의 손에서 손으로 건네졌다. 그들은 콩알이라도 줍듯이 떠듬떠듬, 그러나 탐하듯이 그것을 다 읽고는 뭔가 기분 나쁜 것을 보고 말았다는 듯이 머리를 흔들며 다음 사람에게 넘겼다. —아이한테서 온 편지였다.

편지를 읽던 사내 하나가 코를 킁킁거리며 얼굴을 들고는 파삭파삭 메마르고 낮은 소리로 "아사까와 때문이야. 죽었다는 게 확인되면 복수해야 해"라고 말했다. 그는 홋까이도오 오지에서 갖가지 일을 해왔다는 덩치 큰 사내였다. 어깨가 다부진 젊은 어부가 한층 더 낮은 목소리로,

"그놈 한놈쯤이야 바다에 처박아버릴 수 있어"했다.

"아, 이 편지 안되겠네. 잊고 있던 일들이 다 생각나잖아."

"저기 말야," 맨 처음 이야기를 꺼냈던 사내가 말했다. "멍청히 있다가는 우리도 놈한테 당하지. 남의 일이 아니라구."

그때 구석에서 무릎을 세우고 앉아 엄지손톱을 깨물며 눈을 치뜨고 남들 하는 이야기를 듣고 있던 사내가 응, 그래, 하고 머리를 끄덕이며 맞장구를 쳤다. "뭐든 내게 맡겨, 그땐! 저깟 놈 하나 간단히 해치워버릴 테니까."

모두 입을 다물었다. ─입을 다문 채, 그러나, 안도했다.

핫꼬오마루가 원래 위치로 돌아온 지 사흘째 되던 날, 행방불명이던 카와사끼선이 돌연(!) 그것도 씩씩하게 돌아왔다.

그들은 선장실에서 '똥통'으로 돌아오자마자 곧바로 소용돌이처럼 모두에게 둘러싸여버렸다.

─그들은 '대폭풍우'를 만나 순식간에 조종의 자유를 잃고 말았다. 그렇게 되니까 정말이지 목덜미를 잡힌 아이들보다 더 맥을 못 추었다. 가장 멀리 나가 있었던데다가 바람의 방향도 정반대였다. 모두 죽음을 각오했다. 어부들은 언제라도 '아무렇지 않게' 죽을 각오를 하는 데 '익숙해져' 있었다.

그런데(!) 이런 일은 흔히 있는 것이 아니었다. 다음 날 아침, 카와사끼선은 반쯤 가라앉은 채 깜찻까 해안에 밀려올라가 있었다. 그렇게 어부들은 모두 근처에 사는 러시아 사람들에 의해 구조되었던 것이다.

그 러시아인 가족은 네 명이었다. 여자가 있고 아이들이 있는 '집'이라는 것에 목말라 있던 그들에게 그곳은 말로 다 할 수 없을 정도로 매력적이었다. 게다가 다들 친절한 사람들이어서 자진하여 온갖 도움을 베풀었다. 하지만 처음엔 도통 알아들을 수 없는 말을 하는데다 머리와 눈동자 색이 다른 외국인이라는 것이 어쩐지 두려웠다.

하지만 자신들과 똑같은 인간이라는 걸 금방 알 수 있었다.

난파 소식이 알려지자 마을 사람들이 잔뜩 몰려왔다. 그곳은 일본의 어장이 있는 곳과는 상당히 떨어져 있었다.

그들은 거기서 이틀을 지내며 몸을 추스르고 돌아온 것이다. '돌아오고 싶지 않았다'. 누가 이런 지옥으로 돌아오고 싶겠는가! 그들의 이야기는, 그것으로 끝이 아니었다. '재미있는 사실'이 숨겨져 있었다.

돌아오는 바로 그날이었다. 그들이 난로 주위에서 돌아갈 준비를 하며 이야기를 하고 있는데 러시아인 네댓 명이 들어왔다. ─그 중에 중국인이 한 명 섞여 있었다. ─얼굴이 크고 붉으며 짧은 수염이 덥수룩한 새우등의 사내가 갑자기 손짓을 하며 큰 소리로 뭔가 말하기 시작했다. 기관사는 자신들이 러시아어를 모른다는 것을 알리기 위해 눈앞에서 손을 흔들어 보였다. 러시아인이 한마디씩 말하자 그 입을 보고 중국인이 일본어로 말하기 시작했다. 하지만 듣고 있노라면 머릿속이 뒤죽박죽될 만큼 어순이 엉망이었다.

단어와 단어가 술 취한 사람처럼 제멋대로 비틀거렸다.

"여러분, 돈 분명 가지고 있지 않다."

"그렇다."

"여러분, 가난뱅이."

"그렇다."

"그러니까, 여러분, 프롤레타리아. ─알아?"

"응."

러시아인이 웃으며 그들 주변을 걷기 시작했다. 가끔씩 멈춰 서서 그들 쪽을 바라보았다.

"부자, 여러분을 이거 한다. (목 조르는 시늉을 한다.) 부자 점점 더 커진다. (배가 불룩해지는 흉내.) 여러분 아무리 해도 안돼, 가난뱅이 된다. ─알아? ─일본 나라, 안돼. 일하는 사람, 이거. (얼굴을 찡그려 환자 같은 모습.) 일 안하는 사람, 이거, 에헴, 에헴. (뻐기며 걸어 보인다.)"

그 말이 젊은 어부들에게는 재미있었다. "그렇지, 그렇지!" 하며 웃어댔다.

"일하는 사람, 이거. 일 안하는 사람, 이거. (앞에 했던 것을 반복해서.) 그런 거 안돼. ─일하는 사람, 이거. (이번에는 거꾸로, 가슴을 펴고 뽐내 보인다.) 일 안하는 사람, 이거. (늙은 거지 같은 모습.) 이거 좋아. ─알아? 러시아 나라, 이 나라. 다 일하는 사람뿐. 일하는 사람뿐, 이거. (뽐낸다.) 러시아, 일 안하는 사람 없어. 뺀들거리는 사람 없어. 남의 목 조르는 사람 없어. ─알아? 러시아 하나도 안 무서운 나라야. 다들, 다들 거짓말만 하고 돌아다녀."

그들은 막연히, 이게 그 '무서운' '적화'赤化라는 것이 아닌가 생각했다. 하지만 한편으로는, 그게 '적화'라면 너무 '당연한' 것 아닌가 하는 생각이 들었다. 무엇보다도 마음이 쭉쭉 끌렸다.

"알아, 정말로, 알아!"

러시아인 두세명이 자기들끼리 와글와글 뭐라고 지껄이기 시작했다. 중국인은 그들의 말을 듣고 있었다. 그러고는 또 말더듬이처럼 일본말을 하나하나 주워담듯 말했다.

"일하지 않고 돈 버는 사람 있어. 프롤레타리아, 언제나, 이거. (목 졸리는 시늉.) ──이거, 안돼! 프롤레타리아, 여러분, 한 사람, 두 사람, 세 사람…… 백명, 천명, 오만명, 십만명, 모두, 모두, 이거. (아이들이 손과 손을 맞잡는 시늉을 해 보인다.) 강해진다. 괜찮아. (어깨를 두드리고.) 안 진다, 누구에게도. 알아?"

"응, 응!"

"일 안하는 사람, 도망가. (쏜살같이 도망치는 시늉.) 괜찮아, 정말로. 일하는 사람, 프롤레타리아, 뽐낸다. (당당하게 걷는 모습을 보여준다.) 프롤레타리아, 가장 훌륭해. ──프롤레타리아 없어. 모두, 빵, 없어. 모두 죽는다. ──알아?"

"응, 응!"

"일본, 아직, 아직 안돼. 일하는 사람, 이거. (허리를 굽히고 웅크린 모습을 보인다.) 일하지 않는 사람, 이거. (뻐기며 상대방을 때려눕히는 시늉.) 그거, 모두 안돼! ──일하는 사람, 이거. (무서운 표정으로 일어선다. 달려드는 시늉, 상대방을 때려눕히고 짓밟는 시늉.) 일하지 않는 사람, 이거. (도망치는 시늉.) ─일본, 다 일하는 사람, 좋은 나라. ─프롤레타리아의 나라! ─알아?"

"응, 응, 알아!"

러시아인이 기이한 소리를 지르며 춤추는 것 같은 발놀림을 했다.

"일본, 일하는 사람, 한다. (일어서서, 대드는 시늉.) 기쁘다. 러시아, 모두 다 기쁘다. 만세. ─여러분, 배로 돌아간다. 여러분의 배, 일하지 않는 사람, 이거. (뽐낸다.) 여러분, 프롤레타리아, 이거, 한다. (권투 하는 시늉─그러고는 손에 손을 잡고 또 달려드는 시늉.) 괜찮아, 이긴다. ─알아?"

"알아!" 자기도 모르는 사이에 흥분해 있던 젊은 어부가, 갑자기 중국인의 손을 덥석 잡았다. "할 거야. 꼭 할 거야!"

기관사는 이것이 '적화'라고 생각했다. 엄청나게 무서운 걸 시키는 거다. 이걸로─이런 수법으로, 러시아가 일본을 감쪽같이 속이는 거라고 생각했다.

러시아인들은 이야기가 끝나자 또 뜻을 알 수 없는 소리를 크게 지르며 그들의 손을 힘껏 잡았다. 부둥켜안고 억센 수염이 난 뺨을 비벼대기도 했다. 당황한 일본 사람들은 머리를 뒤로 뻣뻣하게 젖힌 채 어찌할 바를 몰랐다……

모두들 '똥통' 입구 쪽으로 이따금 눈길을 보내면서도 더욱더 이야기를 재촉했다. 그들은 거기서 보고 온 러시아 사람들에 대해 여러가지 이야기를 했다. 그 모든 이야기가 흡착지에 빨려들듯 모

50

두의 마음속에 빨려들어갔다.

"어이, 이제 그만해."

기관사는 모두들 이상하리만큼 진지하게 이야기에 끌려들어가는 것을 보고는, 열심히 떠들고 있는 젊은 어부의 어깨를 쿡쿡 찔렀다.

4

짙은 안개가 끼어 있었다. 언제나 흐트러짐 없이 기계적으로 짜 맞춰져 있는 통풍 파이프, 연통, 윈치의 가로대, 매달려 있는 카와사끼선, 갑판 난간 등의 형체가 안개 속에 아련하게 흐려져, 지금까지와는 사뭇 다르게 친근해 보였다. 부드럽고 미적지근한 공기가 뺨을 어루만지며 흘렀다. ──이런 밤은 좀처럼 드물었다.

선미 쪽 해치 가까이에서 게의 뇌수 냄새가 확 풍겨왔다. 산처럼 쌓여 있는 그물 사이에 키 다른 두 그림자가 서 있었다.

과로로 심장이 나빠져 몸이 푸르죽죽 부어 있는 어부가 두근두근하는 심장 소리 때문에 끝내 잠을 이루지 못하고 갑판 위로 올라왔다. 난간에 기대어, 해초로 풀을 쑤어놓은 것처럼 걸쭉해진 바다를 멍하니 바라보고 있었다. 이 몸으로는 감독한테 죽고 말 거야. 하지만 이 먼 깜찻까에서, 게다가 땅도 밟아보지 못하고 죽는 건 너무 쓸쓸해. ─금세 깊은 생각에 빠져들었다. 그때 그물과 그물 사이에 누군가 있음을 눈치챘다.

이따금 게의 등딱지 조각을 밟는 듯한 소리가 들렸다.

나지막한 목소리가 들려왔다.

눈이 어둠에 익숙해지고서야 어부는 그게 뭔지 알아차렸다. 한 어부가 열네댓살쯤 된 잡부에게 뭔가 이야기하고 있었다. 무슨 이야기를 하는지는 알 수 없었다. 뒷모습을 보이고 있는 잡부는 가끔씩 싫다고 도리질하는 어린아이처럼, 토라졌다는 듯이 몸을 틀었다. 그에 따라 어부도 똑같이 방향을 바꿨다. 그러기를 잠시 계속했다. 어부는 엉겁결에 (그렇게 보였다) 고함을 질렀다. 하지만 금방 목소리를 낮춰 빠른 어조로 뭔가 말했다. 그러더니 갑자기 잡부를 꽉 껴안아버렸다. 싸우는 것 같았다. 옷으로 입이 막힌 잡부가 "음, 음……" 하는 신음 소리만 잠깐 들렸다. 그러고는 그대로 움직이지 않았다. ─그 순간이었다. 부드러운 안개 속에서 잡부의 두 다리가 양초처럼 떠올랐다. 하반신이 완전히 알몸이었다. 잡부는 그대로 웅크렸다. 그러자 그 위를 어부가 두꺼비처럼 덮었다. 거기까지가 '눈앞'에서, 짧은─침이 꿀꺽하고 목에 걸리는 순간에 벌어졌다. 보고 있던 어부는 자기도 모르게 눈을 돌렸다. 술에 취한 듯한, 된통 얻어맞은 듯한 흥분이 용솟음치는 것을 느꼈다.

어부들은 점점 몸속에서 치밀어오르는 성욕 때문에 괴로워하기 시작했다. 넉달, 다섯달씩이나 건장한 사내들이 '여자'로부터 떨어져 있었다. ──하꼬다떼에서 샀던 여자 이야기나 노골적인 여자 음부 이야기가 밤이면 단골 메뉴로 등장했다. 춘화 한장이 종이에서 부스스하니 보풀이 일어날 정도로 끝도 없이 뱅글뱅글 돌아다녔다.

………

이부자리를 펴라지,

이쪽을 보라지,

입으로 빨라지,

다리를 감으라지,

마음을 달래라지,

정말 창녀는 괴로운 신세.

누군가가 노래를 불렀다. 그러자 단번에 그 노래는 마치 스펀지에 빨려들기라도 하듯이 모두의 머릿속에 새겨져버렸다. 걸핏하면 그 노래를 불러댔다. 그리고 노래가 끝나면 "에이, 빌어먹을!" 하고 소리들을 질렀다. 눈만 번들거리며.

어부들은 잠자리에 들었다가도,

"빌어먹을, 틀렸어! 아무래도 잠이 안 와" 하며 데굴데굴 굴러댔다. "큰일났네, 물건이 서서!"

"어째야 쓰까이!"──결국 그렇게 말하며 발기된 물건을 움켜쥐고 알몸으로 일어섰다. 커다란 몸집을 한 어부가 그런 짓거리를 하는 것을 보고 있노라면 몸이 옥죄여들고 어딘가 처참한 느낌조차 들었다. 깜짝 놀란 학생은 구석에서 눈으로만 그것을 보고 있었다.

몽정을 하는 사람도 몇이나 있었다. 아무도 없을 때, 결국 참지 못하고 자위를 하는 치들도 있었다. ─널판 구석에는 얼룩지고 더러워진 팬티나 훈도시[8]가 눅눅하고 시큼한 냄새를 풍기며 뭉쳐져 있었다. 학생은 그것을 똥처럼 밟는 일도 있었다.

─그리고 잡부를 대상으로 '밤 작업'이 시작되었다. 담배를 캐러멜로 바꿔서 호주머니에 두세개 넣고 해치를 빠져나갔다.

변소 냄새가 나는, 장아찌 통들이 쌓여 있는 곳간 문을 요리사가 열자 어두컴컴하고 퀴퀴한 안쪽에서 갑자기 따귀라도 후려치듯 고함 소리가 달려들었다.

"문 닫앗! 지금 들어오기만 해봐. 개새끼, 때려죽여버릴 거야!"

* * *

무전사가 다른 배들끼리 주고받는 무전을 엿듣고 그 어획량을 일일이 감독에게 알렸다. 그것으로 이쪽 배가 아무래도 뒤지고 있는 것 같다는 사실을 알게 되었다. 감독이 안달하기 시작했다. 그러자 그것은 즉각 몇 배로 증폭되어 어부와 잡부 들을 압박해왔다. ─언제든지, 그리고 무엇이든지 막판에 떠안게 되는 것은 '그들'

---

8 천으로 된 성인 남성의 전통 속옷.

이었다. 감독과 잡부장은 일부러 '선원'과 '어부, 잡부' 사이에 작업 경쟁을 부추겼다.

함께 게를 으깨면서도 '선원들에게 지면'(자기 돈벌이가 아님에도 불구하고) 어부나 잡부는 '뭐야, 제기랄!' 하는 기분이 된다. 감독은 '손뼉을 치며' 기뻐했다. 오늘은 이겼다, 오늘은 졌다, 이번에야말로 질까보냐──피 튀기는 듯한 나날이 무참히 이어졌다. 같은 기간 동안, 지금까지보다 오류할이나 작업량이 증가했다. 하지만 대엿새가 지나자 양쪽 다 기력이 다한 듯 작업량이 뚝뚝 떨어졌다. 일을 하면서 때때로 고개를 툭, 앞으로 떨어뜨렸다. 감독은 말도 없이 다짜고짜 후려갈겼다. 느닷없이 얻어터지면서 그들은 스스로도 놀랄 만큼 크게 "꺄악!" 하고 비명을 질렀다. ──모두들 서로가 적인 양, 말을 아예 잊어버린 사람들처럼 말 한마디 나누지 않고 일만 했다. 말을 나눌 만한 사치스러운 '여유'라곤 남아 있지 않았다.

감독은 이제 이긴 조에게 '상품'을 주기 시작했다. 연기만 뿜고 있던 나무가 다시 타오르기 시작했다.

"어리석은 것들이야." 감독은 선장실에서 선장을 상대로 맥주를 마시고 있었다.

선장은 살진 여자처럼 손등에 보조개가 나 있었다. 금박 입힌 담배를 솜씨 좋게 톡톡 테이블에 털며, 알 수 없는 웃음으로 대답했다. ──선장은 감독이 언제나 자기 눈앞에서 들쑤시고 다니며 훼방을 놓는 것 같아 참을 수 없이 불쾌했다. 어부들이 와아, 하고 들고 일어나 이 녀석을 깜찻까의 바다에 처박아주지 않으려나, 그런 생각을 하고 있었다.

감독은 가장 작업량이 떨어지는 녀석에겐 '상품' 대신 '담금질'을 하겠다고 벽보를 붙였다. 쇠막대기를 시뻘겋게 달궈서 그걸 몸에 갖다대겠다는 것이었다. 그들은 아무리 도망쳐도 떨어지지 않는, 마치 자신의 그림자와도 같은 '담금질'에 줄곧 쫓기면서 일을 했다. 날이 갈수록 작업량이 늘어갔다.

인간 육체의 한계는 어느 정도일까? 그것은 당사자보다 감독이 더 잘 알고 있었다. ──일이 끝나고 통나무처럼 널판에 나동그라질 때면 '자기도 모르게' 끙끙 신음 소리를 냈다.

한 학생은, 어릴 때 할머니를 따라 간 절간의 어두컴컴한 불당에서 보았던 '지옥 그림'을 떠올리며 그것을 바로 자신이 겪고 있음을 깨달았다. 어릴 적 그에게 그런 그림들은 마치 이무기 같은 동물이 늪에서 꿈틀꿈틀 기어다니고 있는 것처럼 보였다. 그것과 정말 똑같았다. ──그들은 과로 때문에 오히려 잠들지 못했다. 한밤중에 느닷없이 유리창을 마구잡이로 긁어대는 듯 섬뜩한 이 가는 소리나 잠꼬대, 가위눌린 듯한 괴상한 고함 소리가 어두컴컴한 '똥통' 여기저기서 들렸다.

잠들지 못할 때면 그들은 문득 '용케 아직도 살아 있구나……' 하고 살아 있는 자신의 몸뚱이에 대고 속삭이곤 했다. 용케 아직도 살아 있구나──그렇게 자신의 몸에게!

학생 출신은 가장 '힘들어하고' 있었다.

"도스또옙스끼의 『죽음의 집의 기록』 말야, 여기서 보면 그것도 별거 아니라는 생각이 들어." ——그 학생은 며칠이 지나도록 똥을 못 눠서, 수건으로 머리를 힘껏 졸라매지 않으면 잠들지 못했다.

"그야 그렇겠지." 상대는 하꼬다떼에서 가져온 위스키를 약이라도 먹듯이 혀끝으로 조금씩 핥고 있었다. "워낙 큰 사업이니까 말야. 전인미답의 땅에 부의 근원을 개발한다잖아. 대단한 거지. ——이게 가공선만 해도 지금은 그나마 많이 좋아진 거래. 날씨나 조류 변화 관측이 불가능하고 실제 지리가 완전히 밝혀지지 않았던 창업 당시엔 얼마나 많은 배가 침몰했는지 모른대. 러시아 배에 침몰당하거나 포로가 되거나 죽임을 당해도, 그래도 거기에 굴하지 않고 다시 일어서고 또다시 일어서서 분투해왔기 때문에 이 거대한 부의 원천이 우리 것이 된 거잖아. ……어쩔 수 없지, 뭐."

"………."

——역사가 언제나 기록하고 있듯이 그건 어쩌면 그럴지도 모르겠다는 생각이 든다. 그럼에도 불구하고 학생 출신의 마음 밑바닥에 응어리진 울분은 전혀 풀리지 않았다. 그는 베니어판처럼 딱딱해진 자신의 배를 잠자코 쓰다듬었다. 약한 전기에 감전된 것처럼 엄지손가락 언저리가 찌릿찌릿했다. 기분이 더러웠다. 엄지손가락을 눈높이까지 들어올려 다른 손으로 문질러보았다. ——모두들 저녁식사가 끝나고 '똥통' 한가운데 놓여 있는, 지도처럼 금이 간 고물 난롯가로 모여들었다. 몸이 조금씩 따뜻해지자 김이 났다. 게 비린내가 물씬 풍겼다.

"뭐라고 해야 할지 모르겠지만, 어쨌든 죽고 싶지 않아."

"맞아!"

울적한 기분이 눈사태라도 난 듯 확 쏟아져내렸다. 우리는 지금 죽어가고 있다! 모두들 분명한 이유도 없이 툭하면 화를 내곤 했다.

"우, 우리 거가 되는 것도 아닌데 제, 제기랄, 죽임을 당할 순 없어!"

말을 더듬는 어부가 스스로도 답답한 듯, 얼굴에 시뻘겋게 핏대를 세우며 느닷없이 큰 소리로 말했다.

한순간, 모두 입을 다물었다. 무언가가 확, 마음을 '불시에' 낚아챘다—는 느낌이었다.

"깜찻까에서 죽고 싶진 않아……"

"………"

"보급선, 하꼬다떼를 출발했대.—무전사가 말했어."

"돌아가고 싶다."

"돌아갈 수나 있어?"

"보급선으로 용케 도망치는 놈도 있다던데."

"정말!? ……부럽다아."

"고기잡이 나가는 척하고 깜찻까 땅으로 도망쳐서 로스께와 같이 적화선전을 하는 사람도 있다잖아."

"………"

"일본제국을 위해서라—참 그럴듯한 명분을 생각해냈구먼."—학생은 가슴께 단추를 풀고는 갈비뼈가 사다리처럼 하나하나 패어 있는 가슴을 드러내놓고 하품을 하면서 벅벅 긁었다. 마른 때가 얇은 운모처럼 벗겨졌다.

"그러게, 회, 회사의 부, 부자들 배만 채우는 주제에."

중년을 넘긴 어부 하나가 굴껍데기처럼 층이 져 풀린 눈꺼풀 아래 쇠약하고 흐려진 시선으로 난로 위를 멍하니 보다가 침을 뱉었다. 침은 난로 위에 떨어지자마자 빙글빙글 돌아 동그랗게 되었다가 지글지글 소리를 내며 콩처럼 튀더니 순식간에 졸아들어 작은 그을음 자국만 남기고 사라졌다. 모두들 그것을 멍하니 바라보고 있었다.

"그거, 정말 그럴지도 몰라."

그러나 기관사는 고무장화의 빨간 깔창을 꺼내 난로에 말리며 "어이, 어이. 역적모의 같은 건 하지 말아줘" 하고 말했다.

"………"

"지 맘이지, 제기랄." 말더듬이가 입술을 문어처럼 쑥 내밀었다. 고무 타는 냄새가 역겹게 풍겨왔다.

"어이, 아재, 고무!"

"이런, 아, 녹아버렸네!"

파도가 밀려왔는지 옆이 흐릿해졌다. 배는 자장가라도 부르듯이 흔들리고 있었다. 썩은 꽈리 같은 오촉 등 아래, 난로를 둘러싸고 있는 이들의 등 뒤에 드리워진 그림자가 뒤틀리다 얽혀들곤 했다. ─조용한 밤이었다. 난로 아가리에서 빨간 불이 무릎 아래쪽을 깜빡깜빡 비추고 있었다. 불행했던 자신의 일생이 느닷없이 ─정말

느닷없이, 순간순간 스쳐지나갔다. ── 이상하리만치 조용한 밤이
었다.

"담배 없나?"

"없어……"

"없어……?"

"없다니까."

"젠장."

"어이, 위스키 이쪽으로도 좀 돌려봐, 응?"

상대방은 네모진 병을 거꾸로 들고 흔들어 보였다.

"아니, 아까운 짓 하지 말고."

"하하하하."

"기가 막히는 곳이야, 여긴. 그런데 와버렸구먼, 나도……" 그 어
부는 시바우라⁹의 공장에 다닌 적이 있었다. 그때 이야기가 나오기
시작했다. 그곳은 홋까이도오의 노동자들에게는 '공장'이라고 할
수 없을 만큼 '멋진 곳'이라 여겨졌다. "이곳의 100분의 1만 당해도
거기선 바로 파업이야"라고 말했다.

그리하여 ── 그것이 계기가 되어, 지금까지 서로가 해왔던 여러
가지 일들이 불쑥불쑥 이야기 속에 섞여들었다. '국토개척 공사'
'관개 공사' '철도 부설' '축항 매립' '신新광산 발굴' '개간' '목재
선적'¹⁰ '청어잡이' ── 거의 모든 이들이, 그 가운데 뭔가를 해왔다.

---

9 토오꾜오 미나또 구에 있는 지역.
10 벌채, 가공하여 연안으로 반출한 목재를 배에 싣는 일. 홋까이도오에는 사할린

내지에서는 노동자가 '시건방져서' 억지가 통하지 않게 되고 시장도 거의 다 개척되어서 막막해지자 자본가들은 '홋까이도오, 사할린으로!' 하며 갈퀴손을 뻗쳤다. 거기서 그들은 조선이나 타이완 같은 식민지에서와 똑같이 그야말로 지독하게 '혹사'할 수 있었다. 하지만 그 누구도 뭐라고 말하지 못한다는 사실을, 자본가들은 너무나 잘 알고 있었다. '국토개척' '철도 부설' 등의 토목 노동자 숙소에서는 이 잡는 것보다 더 간단히 인부들이 맞아 죽었다. 혹사를 못 견뎌 도망쳤다가 붙잡히면 말뚝에 묶어놓고 말 뒷발로 차게 하거나 뒤뜰에서 도사견에 물려 죽게 만들었다. 게다가 그 짓을 모두가 보는 앞에서 해 보이는 것이다. 늑골이 가슴 속에서 와싹 으스러지는 소리를 들으면 '인간도 아닌' 막노동자들조차 엉겁결에 눈을 가리곤 했다. 기절하면 물을 퍼부어 다시 깨어나게 하고는 그 짓을 몇번이고 되풀이했다. 마지막에는 보따리처럼 되어 도사견의 강인한 모가지에 휘둘리다 죽는다. 축 늘어져 광장 구석에 내던져진 뒤에도 몸 어딘가가 실룩실룩 움직이고 있었다. 불에 달군 부젓가락을 느닷없이 엉덩이에 갖다대거나 육모방망이로 허리를 펼 수 없을 정도로 두들겨패는 것은 '일상'이었다. 밥을 먹고 있는데 갑자기 뒤뜰에서 날카로운 비명이 들린다. 그러고 나면 사람 살 타는 비린내가 흘러드는 것이다.

에서 오는 목재를 기선에 싣는 인부가 많았다. 일제강점기에 홋까이도오로 강제 징용당한 조선인도 탄광에서 일하던 광부보다 목재 선적을 하던 적재 인부가 더 많았다.

"못 먹겠다, 못 먹겠어. ─도저히 밥을 먹을 수가 없어."

젓가락을 던지고 서로 어두운 얼굴로 마주 보았다.

각기병으로 여러 사람이 죽어나갔다. 무리하게 일을 시켰기 때문이다. 죽어도 '치울 틈이 없어서' 그대로 며칠씩 방치되었다. 뒤뜰로 나가는 어두운 구석에 아무렇게나 덮어놓은 거적 자락 아래로 어린아이같이 묘하게 작아진 검누렇고 윤기 없는 두 발만 보였다.

"얼굴 가득 파리가 꼬여 있는 거야. 옆을 지나는데 한꺼번에 윙─ 하고 날아오르지 않겠나!"

제 이마를 탁탁 치며 들어오더니 그렇게 말하는 이가 있었다.

모두들 이른 아침 어둠이 채 가시기 전에 일터로 내몰렸다. 그리고 곡괭이 끝이 언뜻언뜻 푸르스름하게 빛나고 주변이 보이지 않을 때까지 일을 해야만 했다. 모두들 근처 감옥에서 일하는 죄수들을 오히려 부러워했다. 특히 조선 사람들은 감독이나 십장, 심지어 같은 동료 인부(일본인)에게도 '짓밟히는' 대우를 받았다.

거기서 사오리나 떨어진 마을에 주재하는 순사가, 그래도 이따금씩 수첩을 들고 조사하러 터벅터벅 찾아오곤 했다. 저녁때까지 머물거나 묵어가기도 했다. 하지만 막노동자들 쪽으로 얼굴을 내민 적은 한번도 없었다. 그리고 돌아갈 때는 시뻘건 얼굴을 해가지고 걸어가면서, 길 한복판에서 소방차 흉내라도 내듯 오줌을 사방으로 갈겨가며 알아들을 수 없는 혼잣말을 웅얼대며 돌아갔다.

홋까이도오에서는 어느 철도의 침목이고 간에 그것들 하나하나가 말 그대로 시퍼렇게 부어오른 노동자의 '주검'이었다. 축항 매립에는 각기병 걸린 막노동자가 산 채로 '제물'처럼 매장되었다. ──그런 홋까이도오의 노동자들을 '타꼬'(문어)라 부른다. 타꼬는 자신이 살아가기 위해서는 자기 팔다리까지 먹어치운다. 이거야말로 꼭 닮지 않았나! 거기서는 누구든 거리낌 없이 '원시적'으로 착취할 수 있었다. '돈뭉치'가 뭉텅뭉텅 굴러들어왔다. 게다가, 그것을 교묘하게 '국가적' 부의 원천 개발이라는 식으로 결부시켜, 감쪽같이 합리화했다. 빈틈이 없었다. '국가'를 위해 노동자는 '굶주리고' '맞아 죽어'갔다.

"거기서 살아 돌아오다니, 하늘이 도운 거야. 다행이지! 하지만 이 배에서 죽어나가면 마찬가지지, 뭐. ──안 그런가!" 그리고 뜬금없이 큰 소리로 웃었다. 그 어부는 웃고 나더니 미간이 그만 눈에 띄게 어두워져서 옆으로 돌아앉았다.

광산에서도 마찬가지였다. ──새로이 산에 갱도를 판다. 거기서 어떤 가스가 나올지, 어떤 짐작 못할 변화가 일어날지, 그걸 조사해서 확실한 자료를 얻기 위해 자본가는 '모르모트'보다 싸게 살 수 있는 '노동자'를 노기 군신軍神[11]이 했던 것과 같은 방법으로 대체해가며 아무렇지도 않게 쓰고 버렸다. 코 푸는 종이보다 더 간단히! '참치'회 조각 같은 노동자의 살점이 갱도 벽을 겹겹이 덧바르며 튼튼하게 만들었다. 도회지로부터 멀리 떨어져 있음을 악용하

---

11 메이지시대의 군인 노기 마레스께(乃木希典, 1849~1912). 러일전쟁 당시 뤼순공략 때 병사들의 엄청난 희생을 무릅쓴 육탄전술을 썼다.

여 이곳에서도 역시 '소름 끼치는' 짓이 자행되었다. 광차로 운반되어오는 석탄 속에 엄지나 새끼손가락이 섞여 있는 경우가 있다. 하지만 여자나 아이 들조차 그런 것에 눈썹 하나 까딱하지 않았다. 그렇게 '길들여져' 있었던 것이다. 그들은 무표정하게 그것을 다음 담당 구역까지 밀고 간다. ─그 석탄이 거대한 기계를, 자본가의 '이윤'을 위해 움직였다.

어느 광부나 오랫동안 감옥에 갇혀 있는 사람처럼 윤기 없이 누렇게 부은 채 언제나 멍한 얼굴을 하고 있었다. 햇볕 부족과 석탄가루와 유해가스를 머금은 공기, 온도와 기압 이상으로 눈에 띄게 몸이 이상해져갔다. "한 칠팔년 광부를 하다보면 대충 사오년 정도는 계속 캄캄한 어둠 속에 있어서 한번도 해님을 뵙지 못하게 되지, 사오년이나!" ─하지만 어떤 일이 벌어지든, 그를 대신할 노동자를 언제든지, 얼마든지 충당할 수 있는 자본가에게 그런 일은 아무래도 좋았다. 겨울이 오면 '역시' 노동자들은 그 광산으로 흘러들어왔다.

그리고 '이주 농민' ─ 홋까이도오에는 '이주 농민'이 있다. '홋까이도오 개척' '인구·식량 문제 해결, 이주 장려', 일본 소년들에게 어울릴 '이주 벼락부자' 등 듣기 좋은 소리만 늘어놓은 활동사진을 이용하여 논밭을 다 뺏기게 생긴 내지의 빈농들을 선동해 이주를 장려하지만, 이주해온 자들은 이내 한뼘만 파내려가면 찰흙밖에 안 나오는 땅에 내팽개쳐진다. 비옥한 땅엔 이미 팻말이 서 있다. 감자마저 눈 속에 파묻혀 있어, 일가족이 이듬해 봄에 굶어 죽는 일이 있었다. 그런 일이 '실은' 몇번이나 있었다. 눈이 녹을 무렵이 되어서야 십리나 떨어져 있는 '이웃'이 찾아와서 비로소 알게 되었다. 입안에서 반쯤 삼키다가 걸린 지푸라기가 나오기도 했다.

드문 일이기는 하지만 용케 굶어 죽지 않고 살아남았다 하더라도, 그 황무지를 십년 넘게 경작해서 겨우 이제 보통 밭이 되었다고 생각할 무렵이면, 실로 빈틈없이 그것은 '외지인' 것이 되도록 되어 있었다. 자본가—고리대업자, 은행, 귀족, 부자 들이 돈을 빌려주기만 하면(내던져놓기만 하면), 황무지는 거짓말처럼 살찐 검정고양이의 반지르르한 털같이 비옥한 땅이 되어 어김없이 자기 것으로 돌아왔다. 그런 것을 흉내 내어 일확천금을 얻으려는 눈 밝은 인간도 또한 홋까이도오로 몰려들었다. —농민들은 이쪽에서도 저쪽에서도 자기 것을 물어뜯겼다. 그리고 결국에는, 그들이 내지에서 그리 당했던 것처럼 '소작인'으로 전락하고 말았다. 그때야 비로소 농민들은 깨달았다. — '망했다'!

그들은 조금이라도 돈을 모아 고향으로 돌아가자 싶어 쓰가루 해협을 건너 눈이 많은 홋까이도오까지 찾아온 것이었다. —게 가공선에는 그러한, 자기 땅을 '타인'에게 뺏겨 쫓겨난 이들이 많았다.

목재 선적 인부는 게 가공선 어부와 비슷했다. 감시가 붙은 오따루의 하숙방에서 빈둥거리고 있다가 사할린이나 홋까이도오의 오지로 배에 실려 끌려간다. 발을 '잠시' 삐끗했다가는 쿵쿵 지축을 울리며 굴러떨어지는 통나무에 깔려 난부 센베이[12]보다 더 납작해져버린다. 드르륵드르륵하며 윈치로 배에 실리는, 물에 불어 껍질이 흐물흐물해진 목재에 잘못해서 한방 얻어맞았다간 머리가 으깨져서 벼룩 새끼보다 가볍게 바닷속으로 처박혔다.

—내지에서는 언제까지나 잠자코 '살해당하지는 않는' 노동자가 한 덩어리가 되어서 자본가에게 대항하고 있다. 하지만 '식민지'의 노동자는 그런 일로부터 완전히 '차단'되어 있었다.

너무나 힘들고 고통스러워 견딜 수가 없다. 그러나 굴러가면 갈수록 눈덩이처럼 커지는 고통을 몸에 짊어질 뿐이다.

"어떻게 되는 걸까……?"

"살해당하는 거지. 알잖아."

"………"

뭔가 말하고 싶었지만 울컥 말문이 막힌 듯 모두 침묵했다.

"사, 사, 살해당하기 전에 이쪽에서 먼저 죽여버려야지." 말더듬이가 퉁명스럽게 내뱉었다.

철썩 처얼썩, 부드럽게 배 옆구리에 파도가 부딪히고 있었다. 위쪽 갑판 어딘가의 파이프에서 증기가 새는 듯 쉬이, 쉬이, 쉬이잉 하고 쇠주전자에서 물 끓는 것 같은 부드러운 소리가 끊임없이 들려왔다.

* * *

---

12 토오호꾸 지방의 옛 난부씨(氏) 지배 지역의 특산물인 납작한 과자.

자기 전에 어부들은 때에 절어 마른 오징어처럼 헐렁헐렁해진 메리야스나 플란넬 셔츠를 벗어 난로 위에 펼쳤다. 빙 둘러선 사람들이 코따쓰[13]처럼 각기 그 가장자리를 잡고 뜨겁게 덥혀서는 팔랑팔랑 털었다. 난로 위로 이나 빈대가 떨어지면 톡 톡 소리와 함께 사람을 태울 때와 같은 비린내가 났다. 뜨거워져서 더이상 견디지 못한 이가 셔츠 솔기에서 가느다랗고 무수한 다리를 버둥대며 기어나온다. 집어올리면 기름진 껍데기에 작고 둥근 몸피의 감촉이 오싹했다. 섬뜩한 대가리가 사마귀로 보일 만큼 살이 찐 놈도 있었다.

"어이, 끝자락 좀 잡아줘."

훈도시를 한쪽 끝부터 펴가며 이를 잡았다.

어부는 이를 입에 넣고 앞니로 소리가 나도록 깨물거나 양손 엄지로 손톱이 빨개질 때까지 으깼다. 흔히 애들이 더러워진 손을 곧장 옷에 닦듯이 작업복 자락에 닦고는 또 시작했다. ──그래도 여전히 잠들지 못했다. 어디서 기어나오는지 밤새도록 이, 벼룩, 빈대에 시달렸다. 아무리 애를 써도 완전히 퇴치하는 건 불가능했다. 어두컴컴하고 눅눅한 널판에 서 있으면 금세 스멀스멀 수십마리 벼룩이 정강이를 기어올라왔다. 나중에는 자기 몸 어딘가가 썩어 있는 게 아닌가 싶었다. 구더기나 파리가 파먹어들어가는 썩어문드러진 '시체'가 아닐까, 그런 섬뜩한 느낌조차 들었다.

---

13 일본의 실내용 난방장치로, 나무탁자 밑에 난로를 넣고 그 위를 이불이나 담요로 덮어서 사용한다.

목욕은 처음에는 하루걸러 한번씩 했다. 몸이 비린내에 찌들어 견딜 수 없었다. 그러나 일주일쯤 지나자 사흘에 한번, 한달쯤 지나자 일주일에 한번이 되더니 결국 한달에 두번으로 줄어버렸다. 물 낭비를 막기 위해서였다. 하지만 선장이나 감독은 매일 더운물 목욕을 했다. 그건 낭비가 아니었다(!). ─몸을 온통 게 국물로 칠갑하는 날이 며칠이나 계속되니, 이나 빈대가 꼬이지 않을 '리'가 없었다.

훈도시를 풀면 검은 알갱이가 후드득 떨어졌다. 훈도시를 맨 곳이 빨갛게 짓물러서 배에 테를 두른 것 같았다. 거기가 견딜 수 없이 가려웠다. 자고 있으면 북북 몸을 마구 긁어대는 소리가 여기저기서 들렸다. 스멀스멀 작은 용수철 같은 것이 몸 아래쪽을 내달리는가 싶으면─쏘았다. 그때마다 어부는 몸을 비비 꼬며 뒤척였다. 하지만 또 금세 마찬가지였다. 그것이 아침까지 계속된다. 피부가 옴이 오른 것처럼 꺼칠꺼칠해졌다.

"이가 처승사차여."

"그려, 딱 그렇구면."

실없이 웃고 말았다.

5

당황한 어부 두셋이 갑판 위를 내달렸다.

모퉁이에서 갑자기 방향을 바꾸지 못해 비틀거리다 겨우 난간을 잡았다. 쌀롱 앞 갑판에서 수리를 하던 목수가 발돋움을 하고 어부들이 달려간 쪽을 바라보았다. 휘몰아치는 찬바람에 눈물이 나서 처음엔 잘 안 보였다. 목수는 옆으로 얼굴을 돌리고 기세 좋게 손으로 코를 풀었다. 콧물이 바람에 곡선을 그리며 날아갔다.

선미 왼쪽 윈치가 덜컹덜컹 소리를 내고 있다. 모두들 게잡이를 나갔으니, 누가 그걸 움직이고 있을 리는 없었다. 그런데 윈치에 뭔가가 매달려 있었다. 그게 움직이고 있다. 드리워진 와이어가 그 수직선 주위를 천천히 원을 그리며 흔들리고 있다. "뭐지?"──그 순간 가슴이 철렁했다.

목수는 당황한 듯 다시 한번 옆으로 얼굴을 돌려 코를 풀었다. 그것이 바람에 날려 바지에 묻었다. 걸쭉한 콧물이었다.

"또 저 짓을 하네." 목수는 몇번이나 눈물을 소매로 닦으면서 거기서 눈을 떼지 못했다.

이쪽에서 보면 막 비가 갠 듯한 은회색 바다를 배경으로 불쑥 튀어나와 있는 윈치의 가로대, 거기에 꼼짝없이 묶여 매달려 있는 잡부의 검은 형상이 뚜렷이 드러났다.[14] 공중으로 윈치 끝부분까지 올려졌다. 그리고 걸레 조각이라도 되는 듯 한참──이십분이나 그대로 매달려 있어야 했다. 그러고 나서야 아래로 내려올 수 있었다. 그때까지 몸을 비틀며 거미줄에 걸린 파리같이 발버둥치고 있었다.

이윽고 바로 앞 쌀롱 그늘에 가려 보이지 않게 되었다. 수직으로 팽팽해진 와이어만 가끔씩 그네처럼 흔들렸다.

눈물이 코로 들어갔는지 콧물이 자꾸만 흘러내렸다. 목수는 또 손에 대고 코를 풀었다. 그러고는 옆 주머니에 달랑달랑 매달려 있던 쇠망치를 꺼내 들고 일을 시작했다.

목수는 문득 귀를 기울이며──뒤돌아보았다. 누가 밑에서 흔들기라도 하는 듯 와이어 로프가 흔들리고 있고 거기서 퉁, 퉁, 하는 둔탁하고 기분 나쁜 소리가 울려왔다.

---

14 이 부분은 실제 사건을 그린 것이다. 『오따루신문』 1926년 9월 9일자 석간에 다음 기사가 실려 있다. "게 가공선 하꾸아이마루 학대 사건/살아서 생지옥/윈치에 잡부를 매달아놓고/조롱하고 웃어대는 귀축 같은 감독."

윈치에 매달렸던 잡부는 얼굴색이 변해 있었다. 시체처럼 앙다문 입술 사이로 거품을 물고 있었다. 목수가 내려갔을 때 잡부장이 장작을 옆구리에 낀 채 한쪽 어깨를 올린 옹색한 자세로 갑판에서 바다를 향해 오줌을 갈기고 있었다. 저걸로 두들겨팬 거로군, 목수는 장작을 흘낏 보았다. 오줌은 바람이 불 때마다 쏴아 쏴, 하고 갑판 끝부분에 부딪혀 튀어올랐다.

어부들은 며칠씩이나 이어지는 과로 때문에 점점 아침에 일어나기가 힘들어졌다. 감독이 빈 석유 깡통을 자고 있는 귀에 대고 두드리며 돌아다녔다. 눈을 뜨고 일어날 때까지 악착같이 깡통을 두드렸다. 각기병에 걸린 사람이 머리를 반쯤 들고 뭐라고 중얼거렸다. 하지만 감독은 못 본 척하고 깡통만 내처 두드려댔다. 목소리가 들리지 않아, 금붕어가 물 위로 올라와 공기를 들이마실 때처럼 입만 뻥끗뻥끗 움직이는 것이 보였다. 어지간히 두드리고 나서,

"뭐 하는 거야! 두들겨패서 깨우라!" 하고 고함을 질렀다. "적어도 이 일이 국가적 사업인 만큼 전쟁이나 마찬가지야. 죽을 각오로 일해! 멍청이들아!"

병자들은 모두 이불을 뺏긴 채 갑판으로 내몰렸다. 각기병 걸린 사람은 계단 층층마다 발끝이 걸려 비틀거렸다. 난간을 붙잡고 몸을 기댄 채, 제 다리를 제 손으로 끌어올리면서 계단을 올랐다. 한 발 한 발 내디딜 때마다, 심장이 펑펑 발길질을 하듯 기분 나쁘게 뛰었다.

감독도 잡부장도 병자들을 마치 의붓자식 대하듯 달달 볶으며 고약하게 굴었다. 깡통에 '게살을 채우고' 있으면 다그쳐 내몰아서 갑판에서 '게 으깨기'를 시켰다. 그걸 또 좀 하고 있으면 이번에는 '상표 붙이기' 쪽으로 돌렸다. 뼛속까지 얼어붙는 어두컴컴한 공장 안에서 미끄러지는 발끝에 신경 쓰면서 서 있노라면 무릎 아래가 의족처럼 무감각해져서, 여차하면 무릎관절에서 경첩이 빠지듯이 자기도 모르는 새에 맥없이 풀썩 주저앉기 십상이었다.

학생이 게를 으깨느라 더러워진 손등으로 이마를 가볍게 두드렸다. 잠시 그러더니 그대로 뒤로 자빠지고 말았다. 그때 옆에 쌓아 두었던 빈 통조림 깡통들이 엄청난 소리를 내며 쓰러진 학생 위로 무너져내렸다. 깡통은 배의 경사를 따라 기계 밑이나 화물 사이로 번쩍거리며 데굴데굴 굴러갔다. 같이 일하던 사람이 당황해서 학생을 해치 쪽으로 데려가려 했다. 그때, 마침 휘파람을 불며 공장으로 내려오던 감독과 딱 마주쳤다. 힐끗 보더니,

"누가 작업장을 뜨라고 했나!"

"누가⋯⋯!?" 자기도 모르게 울컥한 이가 어깨로 칠 듯이 대들었다.

"누가아―? 이 새끼, 한번 더 말해봐!" 감독은 주머니에서 권총을 꺼내 들고 장난감처럼 만지작거렸다. 그러더니 갑자기 큰 소리로, 입을 세모꼴로 일그러뜨리고 까치발을 하듯 몸을 흔들며 웃었다.

"물 가져와!"

감독은 가득 채워진 물통을 받더니, 침목처럼 바닥에 너부러진 학생의 얼굴에 느닷없이 ─ 한꺼번에 물을 확 끼얹었었다.

"이걸로 족해. ─쓸데없는 건 안 봐도 돼, 일들이나 해!"

이튿날 아침, 잡부가 공장에 내려가니 널판 쇠기둥에 어제 그 학생이 묶여 있었다. 목을 비틀린 닭처럼 고개가 가슴 쪽으로 맥없이 툭 떨어져 있어 등줄기 위로 커다란 관절 하나가 쑥 드러나 있었다. 그리고 어린아이의 앞치마처럼 가슴팍에 명백한 감독의 필치로,

"이놈은 불충스럽게도 꾀병을 부리고 있으므로 밧줄 푸는 것을 금함"이라고 쓴 마분지가 걸려 있었다.

이마에 손을 대보니 싸늘하게 식어버린 쇠를 만질 때보다 더 차가웠다. 잡부들은 공장으로 들어올 때까지 웅성웅성 이야기를 하고 있었다. 하지만 이 광경을 보고는 그 누구도 입을 여는 이가 없었다. 뒤에서 잡부장이 내려오는 소리가 들리자 그들은 학생이 묶여 있는 기계를 중심으로 양쪽으로 갈라져 각자 작업장으로 흩어졌다.

게 잡이가 바빠지자 한층 더 고약해졌다. 앞니가 부러져 밤새도록 '피 섞인 침'을 뱉거나 과로로 작업 중에 졸도하거나 눈에서 피가 나거나 손바닥으로 마구 얻어맞아 귀가 먹는 일도 있었다. 너무 지친 나머지, 모두들 술에 취했을 때보다 더 제정신이 아니었다. 시간이 되어 '이제 끝났다' 싶어 잠깐 안심하는 순간 어찔어찔했다.

모두가 일을 마무리하기 시작하는데,

"오늘은 9시까지다" 하고 감독이 고함치며 돌아다녔다. "이 새끼들, 끝날 때만 손이 빨라진단 말이야!"

모두들 고속촬영한 필름을 되감듯 느릿느릿 다시 일어섰다. 그 정도밖에 기력이 남아 있지 않았다.

"잘 들어, 이곳은 두번이고 세번이고 다시 올 수 있는 데가 아니야. 게다가 언제든지 게가 잡히는 것도 아니지. 그러니 하루 일하는 시간이 열시간이다, 열세시간이다 해서 그걸로 딱 그만두면 말이 안되지.—일의 성질이 다른 거야. 알아들어? 그 대신 게가 안 잡힐 때는 너희들을 분에 넘치게 빈둥빈둥 놀려두잖아." 감독은 '똥통'으로 내려와서 이런 이야기도 했다. "로스께 놈들은 말이야, 물고기가 아무리 눈앞에 떼 지어 있어도 시간이 되면 단 일분도 어김없이 일을 내팽개쳐버린다. 그러니까—그따위 심보니까 러시아라는 나라가 저 모양이 된 거다. 일본 남아라면 결코 흉내 내서는 안될 일이야!"

무슨 소릴 하는 거야, 사기꾼 새끼! 그리 생각하며 듣지 않는 사람도 있었다. 하지만 대부분은 감독이 그렇게 말하면 일본인은 역시 위대하구나, 하는 기분이 들었다. 그리고 자신들이 매일매일 잔혹한 고통을 당하는 게 뭔가 '영웅적'으로 보인다는 사실이 그나마 모두에게 위안이 되었다.

갑판에서 일을 하고 있노라면 수평선을 가로질러 남하해가는 구축함을 자주 만났다. 함미에 일본 깃발이 펄럭이는 게 보였다. 어부들은 흥분하여 눈물이 글썽해져서는 모자를 쥐고 흔들었다.—

저들뿐이야, 우리 편은, 하고 생각했다.

"니기미, 저것들을 보니 눈물이 다 나고 지랄일세."

점점 작아지다 연기에 휘감겨 모습이 사라질 때까지 바라보았다.

걸레 조각처럼 녹초가 되어서 돌아오면 다들 입을 맞춘 듯 누구에게랄 것도 없이 그저 '젠장' 하고 소리를 질렀다. 어둠 속에서 그것은 증오에 가득 찬 황소의 신음 소리를 닮아 있었다. 누구를 향한 것인지 그들 자신도 알지 못했지만 어쨌든 허구한 날 같은 '똥통' 안에서 이백명 가까운 사람들이 서로 퉁명스럽게 이야기를 나누는 사이에 눈에 보이지 않게 생각하는 것, 말하는 것, 행동하는 것이 (달팽이가 땅 위를 기어가는 것처럼 느리지만) 똑같아져갔다. ─물론 같은 흐름 속에서도 고인 물처럼 제자리걸음을 하는 사람도 나오고 다른 쪽으로 삐져나가는 중년 어부도 있다. 하지만 모든 이들이 스스로 알아차리지 못하는 사이에 그렇게 되어갔고, 어느새 명확히 나뉘어 분파를 이루고 있었다.

아침이었다. 트랩을 천천히 오르면서 탄광에서 온 사내가,

"도저히 더는 못하겠어" 하고 말했다.

전날 10시 가까이까지 일해서 몸이 망가진 기계처럼 삐거덕거렸다. 트랩을 오르면서도 어느새 자고 있었다. 뒤에서 '어이' 하고 부르자 엉겁결에 손발이 움직였다. 그러다 발을 헛디뎌 앞으로 고꾸라져버렸다.

일을 시작하기 전, 모두가 공장으로 내려와 한쪽 구석에 모였다. 다들 진흙으로 빚은 인형 같은 얼굴을 하고 있었다.

"나는 일 제대로 안할 거여. 할 수가 읎어." — 탄광 출신이었다.

다들 입을 다문 채 얼굴만 움직였다.

잠시 후,

"담금질을 할 낀데⋯⋯" 하고 누군가가 말했다.

"꾀를 부리는 게 아녀. 일을 할 수가 없다니께."

탄광에서 온 사내가 소매를 걷어 올리더니 눈앞에서 비춰보듯 치켜들었다.

"내 목숨이 길지 않을 거여 — 난 꾀를 부리겠다는 것이 아녀."

"그야, 그렇지."

"⋯⋯⋯"

그날 감독은 볏을 꼿꼿이 세운 싸움닭처럼 공장을 헤집고 다녔다. "어찌 된 거야, 어떻게 된 거냐구!?" 하고 고함을 질러댔다. 하지만 느릿느릿 일하는 자가 한둘이 아니라 이쪽도, 저쪽도 — 거의 전부이니 그저 안절부절 돌아다니는 것밖에 달리 방도가 없었다. 어부들도 선원들도 그런 감독을 보기는 처음이었다. 위쪽 갑판에서 그물을 빠져나온 게가 무수히 버석거리며 기어다니는 소리가 들렸다. 막힌 하수도처럼 일이 자꾸만 쌓여갔다. 그러나 '감독의 곤봉'은 아무런 도움도 되지 않았다!

일이 끝나고 나서 땀에 찌든 수건으로 목을 닦으며 모두들 줄줄이 '똥통'으로 돌아왔다. 얼굴을 마주 보자 엉겁결에 웃음이 터져 나왔다. 왠지 모르지만, 우습고 재미있어 견딜 수가 없었다.

그것이 선원들 쪽으로도 옮아갔다. 선원들이 어부들과 적대하게 만들어 일을 시켜왔는데 그게 얼마나 멍청한 짓이었는지 깨달으면서 그들도 가끔씩 '태업'을 하기 시작했다.

"어제 엄청 일을 했으니 오늘은 태업이여."

일하러 나가면서 누군가 말하면 모두들 그렇게 했다. 그러나 '태업'이라고 해봤자 그저 몸을 좀 덜 쓰는 것에 지나지 않았다.

너 나 할 것 없이 몸이 이상해져 있었다. 모두들 여차하면 '할 수 없이' 하는 거다, '죽는 건' 어느 쪽이든 마찬가지야, 하는 생각을 했다. ──더이상 견딜 수 없었던 것이다.

* * *

"보급선이다! 보급선이야!" 위쪽 갑판에서 외치는 소리가 아래까지 들렸다. 모두들 제각기 누더기를 걸친 채 '똥통'의 널판에서 뛰어내렸다.

보급선은 어부나 선원 들을 '여자'보다 더 열광하게 만들었다. 이 배만은 짠 내가 나지 않았다. ──하꼬다떼 향내가 났다. 몇달, 몇백일이나 밟아보지 못한, 저 흔들리지 않는 '땅' 냄새가 나는 것이다. 게다가 보급선으로는 날짜가 다른 여러통의 편지, 셔츠, 내복, 잡지 같은 것들이 실려온다.

그들은 자기에게 온 짐을, 게 냄새에 절어 있는 거친 손으로 움켜쥐고는 황급히 '똥통'으로 뛰어내려갔다. 그리고는 널판에 널찍하니 책상다리를 하고 앉아 다리 안쪽에 짐을 풀었다. 온갖 물건이

나왔다. ──옆에서 할머니가 말하는 것을 받아쓴 자식의 서툰 편지와 수건, 치약, 이쑤시개, 휴지, 옷, 그런 것들 틈에서 생각도 못했던 아내의 편지가 무거운 짐에 눌려 납작해진 채 나왔다. 그들은 그 모든 것들로부터 육지에 있는 '내 집' 냄새를 맡으려 했다. 젖내 섞인 아이 냄새랑 숨이 막힐 듯한 아내의 살냄새를 더듬어 찾았다.

....

보지가 고파서 못 살겠네,

서푼짜리 우표로 보낼 수만 있다면,

보지 통조림을 보내고 싶었겠구──나!

누군가 엄청 큰 소리로 '스또똔부시'スト〉節[15]를 불러댔다.

아무것도 받지 못한 선원이나 어부는 바지 주머니에 막대기 같은 팔을 찔러넣고 이리저리 돌아다녔다.

"너 없는 사이에 사내라도 끌어들인 게야."

다들 놀렸다.

어두컴컴한 구석으로 얼굴을 돌리고 모두들 와자지껄 떠드는 것에 아랑곳하지 않고 몇번씩이나 손가락을 꼽아가며 생각에 잠긴 이가 있었다. ──보급선으로 온 편지에 아이가 죽었다는 소식이 들어 있었던 것이다. 이미 두달 전에 아이가 죽었다는데 그것도 모

──────
15 절 끝마다 '스또똔, 스또똔' 하는 후렴을 붙인 1924년 무렵의 유행가.

르고 '지금까지' 있었다. 편지에는 전보 칠 돈도 없어서,라고 씌어 있었다. 어부가!? 하고 의아할 만큼 그 사내는 언제까지나 부루퉁해 있었다.

하지만 그와 정반대인 사람도 있었다. 통통하게 불은 문어 새끼 같은 갓난아기 사진이 들어 있기도 했다.

"이눔이여?" 하고 느닷없이 웃음을 터뜨렸다.

그러고는 싱글벙글하여 "어때, 요것이 태어났디야" 하며 굳이 한 사람 한 사람 보여주고 다녔다.

짐 속에는 별것 아니지만, 역시 아내가 아니면 미처 생각하지 못할 세심한 배려가 느껴지는 물건들이 들어 있었다. 그럴 때는 누구나 갑자기 벌렁벌렁하고 마음이 '요상스럽게' 울렁거렸다. ──그리고 그저 무턱대고 집으로 돌아가고만 싶어졌다.

보급선에는 회사에서 파견한 활동사진대가 타고 있었다. 완성된 통조림을 보급선에 다 옮겨실은 날 밤, 배에서 활동사진을 상영했다.

젊은 사내 두셋이 나란히 납작한 사냥모자를 삐딱하게 쓰고 나비넥타이에 통 넓은 바지 차림으로 트렁크를 무겁게 들고 배로 건너왔다.

"어휴, 냄새야, 냄새!"

그렇게 말하며 윗도리를 벗고 휘파람을 불면서 스크린을 걸고 거리를 재어 영사기를 설치하기 시작했다. 어부들은 그 사내들로부터 뭔가 '바다 것'이 아닌 ──자신들과는 다른 뭔가를 느끼고 그것에 몹시 마음이 끌렸다. 선원과 어부 들은 어딘가 들뜬 기분으로 그들을 거들었다.

가장 나이 들고 천박해 보이는, 굵은 금테 안경을 낀 사내가 조금 떨어진 곳에 서서 목의 땀을 닦고 있었다.

"변사 양반, 그런 데 서 있으면 다리에 벼룩이 기어올라요!"

그러자 그는 달군 철판이라도 밟은 듯 "히얏—!" 하고 튀어올랐다.

보고 있던 어부들이 와아, 웃었다.

"그나저나 지독한 곳에들 있구면!" 거칠고 뺀질거리는 목소리였다. 역시 변사였다. "잘 모르고들 있겠지만 이 회사가 여기서 이렇게 해서 얼마쯤 벌 것 같아? 굉장하다구. 육개월에 오백만 엔이야. 일년이면 천만 엔이지. —말이 천만 엔이지, 정말 엄청난 거야. 게다가 주주에게 이할 이푼 오리라는 겁나는 배당을 하는 회사는 일본에도 별로 없어. 이번에 사장이 국회의원까지 된다니 더할 나위 없지. —역시, 이런 식으로 지독하게 하지 않으면 그렇게 벌어들일 수 없는 거겠지."

밤이 되었다.

'만 상자 축하'를 겸해 청주, 소주, 오징어, 고기조림, 담배, 캐러멜이 모두에게 지급되었다.

"자, 아버지 옆으로 와."

어부와 선원 들이 잡부들을 끌어당겼다.

"앉아서 해줄 테니까."

"위험하다, 위험해! 나한테 오라니까."

그런 실랑이가 한동안 왁자지껄 이어졌다.

앞줄에 앉은 네댓명이 갑자기 박수를 쳤다. 다른 사람들도 영문도 모르고 따라서 박수를 쳤다. 감독이 하얀 현수막 앞으로 나왔다. 허리를 편 채 뒷짐을 지고는 '제군들은'이라든가 '저는'처럼 평소 입에 담아본 적이 없는 단어를 쓰는가 하면, 언제나 입에 달고 있는 '일본 남아'라든가 '국부'國富 같은 말을 내뱉기도 했다. 대부분은 듣지 않고 있었다. 관자놀이와 턱뼈를 움직여가며 '마른 오징어'만 씹고 있었다.

"관둬, 관둬." 뒤쪽에서 소리를 질렀다.

"네까짓 건, 꺼져! 변사가 있잖아."

"육각봉이 더 어울린다아!"──모두들 와아, 하고 웃었다. 휘파람을 획획 불고 손이 터져라 박수를 쳤다.

감독도 차마 거기서 화를 낼 수는 없었던지 얼굴이 벌게져서 몇 마디 하고는 (모두들 떠드는 통에 들리지도 않았다) 들어갔다. 그리고 활동사진이 시작되었다.

처음에는 '실사'實寫였다. 미야기, 마쓰시마, 에노시마, 쿄오또……가 희뜩희뜩 스크린에 비쳤다. 자주 끊겼다. 갑자기 사진 두세장이 겹쳐 멀미라도 일으킬 듯 요동을 치더니 픽, 사라지고 하얀 막만 남았다.

그러고 나서 서양 영화와 일본 영화를 상영했다. 양쪽 다 흠이 많이 난 필름이라서 엄청나게 '비가 내렸다'. 게다가 군데군데 끊어진 걸 이어놓은 듯 사람들의 움직임이 삐걱삐걱했다. ──하지만 그런 거야 아무래도 좋았다. 모두들 흠뻑 빠져들었다. 멋진 몸매를 한 외국 여자가 나오면 휘파람을 불어대고 돼지처럼 코를 킁킁거렸다. 변사는 화를 내며 잠깐씩 설명을 멈추기도 했다.

서양 쪽은 미국 영화였는데 '서부 개척사'를 다룬 것이었다. ── 야만인의 습격을 받거나 가혹한 자연에 파괴되지만 다시 떨치고 일어나 한 칸 한 칸 철도를 놓아나간다. 도중에 임시변통으로 만든 '마을'이 마치 철도를 잇는 매듭처럼 생겨난다. 그리고 철도가 나아간다. 앞쪽으로, 앞쪽으로 마을들이 생겨난다. ──거기서 일어나는 갖가지 고난이, 한 인부와 회사 중역 딸 사이의 '러브 스토리'와 뒤섞여 겉으로 드러났다가 뒤로 숨었다가 하며 그려졌다. 마지막 장면에서 변사가 목소리를 높였다.

"그들 수많은 희생적 청년들에 의해 드디어 준공에 이르게 된 장장 몇백리의 철도가 긴 뱀처럼 들판을 달리고 산을 관통하여 어제까지의 황무지가 이처럼 국부로 바뀌게 되었던 것입니다."

중역의 딸과, 어느새 신사가 되어 있는 인부가 서로 끌어안는 장면에서 영화는 끝났다.

중간에 아무런 의미도 없이 그냥 웃게 만드는, 짧은 서양 영화 하나가 끼어 있었다.

일본 영화는 가난한 소년이 '낫또오팔이' '신문팔이' 등을 거쳐 '구두닦이'를 하기도 하고, 공장에 들어가 모범직공이 되더니, 승진하여 큰 부호가 된다는 내용이었다. ──변사는 자막에는 없었

지만,

"참으로 근면이야말로 성공의 어머니가 아니고 무엇이겠습니까!"하고 말했다.

그 말에 잡부들이 '진지하게' 박수를 보냈다. 하지만 어부인지 선원인지 누구 하나가,

"뻥치지 마! 그럼 나도 진작 사장 됐겠다."

하고 큰 소리로 말했다.

모두들 큰 소리로 웃고 말았다.

나중에 변사가 "그런 부분은 특별히 강조해서 몇번이고 거듭 말해주면 좋겠다는 회사의 명령을 받고 왔다"고 말했다.

마지막은 회사의 각 소속 공장과 사무소 따위를 찍은 것이었다. '근면'하게 일하는 많은 노동자들이 찍혀 있었다.

상영이 끝난 뒤에는 모두들 만 상자 축하주에 취했다.

오랫동안 술을 입에 대지 않았던데다가 너무 지쳐 있었기 때문에 곤드레만드레 취해버렸다. 어슴푸레한 전등 아래 담배 연기가 구름처럼 자욱했다. 공기가 무더워 흐물흐물 삭아 있었다. 웃통을 벗어젖히는가 하면, 수건으로 머리를 질끈 동여매고 널찍하니 책상다리로 앉아 옷자락을 걷어 올리기도 하며 큰 소리로 고함들을 질러댔다. ─때로는 서로 치고받기도 했다.

그것이 12시 넘어서까지 계속되었다.

각기병으로 늘 누워 있던, 하꼬다떼에서 온 어부가 베개를 좀 높여달라고 해서는 모두가 떠들어대는 것을 바라보고 있었다. 같은

곳에서 온 친구 어부는 옆 기둥에 기댄 채 '씨이 씨이' 소리를 내가
며 이빨 사이에 낀 오징어를 성냥개비로 쑤시고 있었다.

한참 지나서였다. ── '똥통' 트랩으로 마대자루처럼 어부 하나
가 굴러떨어졌다. 옷과 오른손이 온통 피투성이였다.

"식칼, 식칼! 식칼 좀 갖다줘!" 바닥을 기면서 소리쳤다. "아사까
와 이 새끼, 어디로 간 거야. 없어졌어. 죽여버릴 거야."

감독에게 두들겨맞은 적이 있는 어부였다. ── 그 사내는 난로 부
지깽이를 들고 눈빛이 달라져 다시 나갔다. 아무도 그를 막지 않
았다.

"어이!" 하꼬다떼의 어부는 친구를 바라보았다. "어부라고 언제
까지나 나무 그루터기 같은 바보는 아녀. 재미있게 되야가네!"

이튿날 아침에 보니 감독실의 창유리부터 탁자니 집기 들이 모
조리 박살나 있었다. 그러나 어디에 있었는지 감독만은 운 좋게도
'박살나지' 않았다.

6

비구름이 포근히 내려앉아 있었다. ──전날까지 비가 내렸다. 그 비가 갠 참이었다. 흐린 하늘과 같은 색의 빗줄기가, 역시 흐린 하늘과 같은 색 바다 위에 이따금씩 부드럽고 둥그런 물결을 만들고 있었다.

점심때가 좀 지나 구축함이 다가왔다. 짬이 난 어부와 잡부, 선원들이 갑판 난간에 기대어 홀린 듯 바라보며 구축함에 대해 와글와글 떠들어댔다. 신기했다.

구축함에서 조그만 보트가 내려지더니 사관들이 본선으로 건너왔다. 배 한편에 비스듬히 내려진 트랩 아래에서 선장, 공장 대표, 감독, 잡부장이 기다리고 있었다. 보트가 배 옆에 도착하자 서로 거

수경례를 주고받더니 선장을 선두로 올라왔다. 감독이 위를 흘낏 보고는 눈썹과 입가를 찡그리며 손을 흔들어 보였다. "뭘 보고 있는 거야. 어서 가, 어서들 가라구!"

"잘난 체하기는, 자식이!"—뒤에서 앞사람을 줄줄이 밀어가며, 갑판에서 공장으로 내려갔다. 비릿한 냄새가 갑판을 감돌았다.

"어휴, 비린내." 깔끔한 콧수염을 한 젊은 사관이 고상하게 얼굴을 찡그렸다.

뒤에서 따라온 감독이 당황하여 앞으로 나서더니 뭐라고 하면서 몇번이나 고개를 조아렸다.

모두 멀리 서서, 사관이 걸을 때마다 장식 붙은 단검이 그의 엉덩이에 닿았다가 튀어오르는 것을 구경했다. 누가 누구보다 높으니 아니니 해가며, 심각하게 말들을 주고받았다. 마지막엔 말싸움처럼 되었다.

"저러고 있으니, 아사까와도 별거 아니네."

감독이 굽실거리는 모습을 흉내 내 보였다. 모두 와아, 하고 웃었다.

그날은 감독도 잡부장도 없어 모두 마음 편히 일을 했다. 노래를 부르기도 하고, 기계 너머 큰 소리로 이야기를 나누기도 했다.

"이런 식으로 일을 시키믄 을매나 좋을 꺼여, 잉."

다들 일을 마치고 갑판 위로 올라왔다. 쌀롱 앞을 지나려니 안에서 술에 취해 거침없이 떠들어대는 소리가 들렸다.

급사가 나왔다. 쌀롱 안은 담배 연기로 자욱했다.

급사의 상기된 얼굴에는 땀이 방울방울 맺혀 있었다. 양손에 빈 맥주병을 잔뜩 들고 있었다. 턱짓으로 바지 주머니를 가리키며,

"얼굴 좀 닦아줘" 했다.

어부는 손수건을 꺼내 닦아주면서 쌀롱을 보고 "뭣들 하는 거야?" 하고 물었다.

"정말, 말도 못해. 벌컥벌컥 마셔가며 한다는 소리가 — 여자들 그곳이 이렇다는 둥 저렇다는 둥 하고들 있어. 덕분에 백번도 더 뛰어다녔어. 농림성 공무원이 오면 또 오는 대로 트랩에서 굴러떨어질 정도로 처마셔대질 않나!"

"뭣들 허러 오는 거여?"

급사는 알 게 뭐야, 하는 얼굴로 서둘러 주방으로 달려갔다.

젓가락으로는 먹기도 힘든 찰기 없는 안남미에 종잇조각 같은 건더기가 떠 있는 짜디짠 된장국으로 어부들은 밥을 먹었다.

"먹은 적도 본 적도 없는 양식洋食이 쌀롱에는 을매나 들어가는지."

"똥이나 처먹 — 어라!"

탁자 옆 벽에는,

하나, 먹을 것을 가지고 불평하는 자는 훌륭한 인간이 될 수 없다.

하나, 쌀 한톨도 소중히 여겨라. 피땀 어린 선물이다.

하나, 불편과 고통을 견뎌라.

라고 후리가나를 달아 서툴게 쓴 종이가 붙어 있었다. 아래쪽 여백에는 공중변소에서나 봤음 직한 외설스러운 낙서가 적혀 있었다.

식사가 끝나고 취침까지의 짧은 틈에 모두들 난로를 빙 둘러쌌다. —구축함 이야기 끝에 군대 이야기가 나왔다. 어부들 중엔 아끼따, 아오모리, 이와떼 출신 농사꾼들이 많았다. 그러니 군대 이야기가 나오면 자기도 모르게 정신없이 빠져들었다. 군대에 다녀온 이들도 많았다. 그들은 이제 잔혹하기 이를 데 없던 군생활을 오히려 그리워하듯 이런저런 추억들을 떠올렸다.

모두 잠들고 나자, 갑자기 소란스러운 소리가 쌀롱에서 갑판 바닥과 배 옆구리를 타고 숙소까지 들려왔다. 어쩌다 잠이 깨면 '아직 떠들고 있는' 소리가 귀에 들어왔다. —이제 날이 새는 것 아닐까. 누군가— 급사일지도 모를, 갑판을 왔다 갔다 하는 구두 소리가 또각또각 들렸다. 실제로 소란은 새벽까지 이어졌다.

그래도 사관들은 구축함으로 돌아가긴 했는지 다음 날 보니 트랩이 내려진 채였다. 그리고 층층이 밥알이니 게살이니 고기니 갈색의 걸쭉한 것들이 마구 뒤섞인 토사물이 대여섯 단 이어지며 흘러 있었다. 토사물에서는 썩은 알코올 냄새가 고약하게 훅 끼쳐왔다. 저도 모르게 가슴이 콱 뒤틀리는 냄새였다.

구축함은 날개를 접은 회색 물새처럼 눈에 띄지 않을 만큼만 몸통을 흔들며 떠 있었다. 마치 몸 전체가 '잠'을 탐하고 있는 듯 보였다. 연통에서는 담배 연기보다도 가느다란 연기가 바람 없는 허공으로 털실처럼 올라갔다.

감독과 잡부장은 한낮이 되도록 일어나지 않았다.

"완전히 지멋대루인 새끼들이구먼!" 일을 하며 투덜댔다.

주방 구석에는 아무렇게나 먹고 던져버린 게 깡통이니 맥주병들이 산더미처럼 쌓여 있었다. 아침이 되자 그것들을 날랐던 급사조차 용케도 이렇게들 먹고 마셨다 싶어 경악했다.

급사는 일의 성격상 어부나 선원 들이 결코 알 수 없는 선장이나 감독, 공장 대표 등의 맨얼굴을 잘 알고 있었다. 그와 동시에 어부들의 비참한 생활(감독은 술에 취하면 어부들을 '돼지 새끼들, 돼지 새끼들'이라고 했다)도 확실히 알고 있었다. 공평하게 말해서 위에 있는 인간들은 오만하고, 돈벌이를 위해서라면 끔찍한 일들도 '태연히' 꾸며냈다. 어부나 선원 들은 그것에 눈 번히 뜨고 당하기만 했다. ─그건 차마 보고 있을 수만은 없는 일이었다.

아무것도 모를 때야 괜찮지, 급사는 늘 그렇게 생각하고 있었다. 그는 당연히 어떤 일이 일어날지 ─일어날 수밖에 없을지, 자기는 안다고 여겼다.

2시경이었다. 선장과 감독 등은 아무렇게나 개켜둔 탓인지 마구 구겨진 옷을 꿰입고 선원 두 사람에게 통조림을 들려 발동기선으로 구축함을 찾아갔다. 갑판에서 게를 떼어내던 어부와 잡부 들이 손을 놀려가며 '혼인 행렬'이라도 구경하듯이 그들을 바라보았다.

"뭣들 허는지 알 수가 없구먼."

"우리가 만든 통조림을 똥 닦는 종이보다 더 막 쓰는구먼!"

"그려두 말여……" 중년을 막 넘긴, 왼 손가락이 세개뿐인 어부였다. "이런 디꺼정 와서 고생허며 우덜을 지키구 있응께, 괜찮잖어."

──그날 저녁, 구축함이 어느새 뭉글뭉글 굴뚝에서 연기를 내뿜기 시작했다. 해병들이 갑판을 잰걸음으로 오간다. 그러고는 삼십 분쯤 지나자 배가 움직이는 것이 보였다. 함미의 깃발이 펄럭펄럭 바람에 나부끼는 소리가 들렸다. 게 가공선에서는 선장의 선도로 "만세!"를 외쳤다.

저녁식사가 끝나고 나서, '똥통'으로 급사가 내려왔다. 다들 난로 주변에서 이야기를 하고 있었다. 어두컴컴한 전등 아래 서서 셔츠의 이를 잡고 있는 사람도 있었다. 그들이 전등을 가로지를 때마다 커다란 그림자가, 페인트칠을 한 낡고 때 묻은 옆벽에 비스듬히 비쳤다.

"사관이나 선장, 감독의 말로는 말야, 이번에 러시아 영해에 몰래 잠입해서 고기를 잡는다는구먼. 그래서 구축함이 계속 옆에서 지켜준다는 거야──엄청 이걸 먹인 모양이던데." (엄지와 검지로 동그라미를 만들어 보였다.)

"모두들 하는 말로는 돈이 그냥 지천으로 굴러다니는 깜찻까니 북사할린 같은 이 근처 일대를 언젠가는 어떻게든 일본 것으로 만들 거라는 거야. 일본의 거시기는 중국이나 만주뿐 아니구 이쪽 방면도 중요하다는 거지. 그거는 이 회사가, 미쓰비시 같은 데하고 같이 정부를 제대로 꼬드기고 있는 모양이야. 이번에 사장이 국회의원이 되면 더욱이나 그걸 밀고 나갈 거라는데?

그러니까, 구축함이 게 가공선을 경비하러 출동한다구 하는 것도, 천만의 말씀, 그것만이 목적이 아니구, 이 근처 바다, 북사할린, 치시마[16] 부근까지 상세하게 측량을 한다든지 기후 조사를 하는 것이 오히려 큰 목적으로서, 만일의 거시기에 빈틈없이 대비해두자는 것이지. 이건 비밀이겠지만, 치시마의 제일 끝 섬에다가 몰래 대포를 갖다놓구, 중유를 옮겨놓구 하구 있다는구먼.

나두 처음 그 말을 듣고는 깜짝 놀랐지만, 지금까지 일본의 어떤 전쟁이고 기실은──깊은 속내를 들여다보자면 말야, 모두 다 두세 명의 부자(물론 엄청난 재벌)의 지시로다가, 핑계야 얼마든지 억지로 끌어다붙여 일으켰다는 거야. 무엇보다두 장래성이 있는 장소를 손에 넣으려구, 넣으려구, 발버둥을 치구들 있다니까, 그놈들이. ──위험하대."

---

16 꾸릴 열도의 일본어 명칭. 깜찻까 반도와 홋까이도오 사이에 있다.

7

　윈치가 덜그럭덜그럭 울리며 카와사끼선이 내려왔다. 윈치의 로프가 짧아서, 그 아래쪽에 네명의 어부가 서 있다가 내려오는 카와사끼선을 갑판 바깥쪽으로 밀어내 바다로 내려갈 수 있도록 해야 했다. ─위험한 일이 자주 일어났다. 고물선의 윈치는 각기병에 걸린 무릎처럼 삐걱거렸다. 와이어를 감고 있는 톱니바퀴도 시원찮아서 한쪽 와이어만이 휙 하고 늘어져 짝짝이가 되곤 했다. 카와사끼선이 훈제 청어처럼 완전히 비스듬히 매달려버리기도 했다. 그런 때 밑에 있던 어부가 허를 찔려 자주 다쳤다. ─그날 아침도 그런 일이 있었다. "앗, 위험해!" 누군가 소리쳤다. 바로 위쪽에서 내리치는 바람에 그 아래 있던 어부의 목이 가슴팍으로 말뚝처럼 내리꽂혔다.

어부들이 부축해서 의사에게 데려갔다. 그들 가운데 이제는 감독 등을 '개자식!'이라고 여기는 이들이 의사에게 '진단서'를 부탁하기로 했다. 감독은 뱀에게 인간 가죽을 입혀놓은 듯한 놈이니 분명 뭐라고 '트집을 잡을' 것이다. 그때 항의하려면 진단서가 필요했다. 게다가 의사는 그나마 어부와 선원 들에게 동정적이었다.

의사는 "이 배는 작업을 하다가 부상을 당하거나 병에 걸리는 것보다 얻어맞아서 다치고 아프고 하는 일이 훨씬 더 많으니 말야" 하며 놀라곤 했다.

빠짐없이 일기에 적어 뒷날의 증거로 삼아야 해, 하고 말했다. 그리고 병이 나거나 다친 어부나 선원 들을 비교적 친절하게 돌봐주곤 했다.

"진단서를 좀 써주셨으면 하는데요." 한 사람이 말을 꺼냈다.

의사도 처음엔 놀란 모양이었다.

"글쎄, 진단서라……"

"있는 그대로 써주시면 되는데요."

조바심이 났다.

"이 배에서는 그걸 안 쓰기로 되어 있거든. 지들 멋대로 그렇게 정한 모양이지만…… 나중에 말썽이 생길 수도 있으니 말야."

성미 급한 말더듬이 어부가 "쳇!" 하며 혀를 찼다.

"요전번에, 아사까와 씨한테 얻어맞아서 귀가 안 들리게 된 어부가 왔기에 별생각 없이 진단서를 끊어줬더니, 터무니없는 일이 생

기더라고. ──그게 언제까지나 증거로 남으니까, 아사까와 씨로서
야······"

그들은 의사의 방을 나오며 그 역시 말하는 걸 보면 이미 '우리'
편이 아니라고 생각했다.

그러나 그 어부는 '신기하게도' 목숨만은 어떻게 건질 수 있었
다. 그 대신 대낮에도 몇번씩 뭔가에 걸려 넘어지고 고꾸라져, 어두
운 구석에 널브러진 채 며칠씩 끙끙대며 앓는 소리를 내곤 했다.

그가 가까스로 낫기 시작해서 신음 소리로 모두를 괴롭히지 않
게 됐을 즈음, 전부터 꼼짝 못하고 누워 있던 각기병 어부가 죽
고 말았다. 그의 나이 스물일곱이었다. 토오꾜오 닛뽀리의 알선소
에서 온 사람인데 함께 온 이들이 한 열명 되었다. 하지만 감독은
다음 날 작업에 지장이 있다면서 작업에 안 나올 '병자들끼리'만
'상'을 치르도록 했다.

염을 하기 위해 옷을 벗기자 몸에서 속이 메슥거릴 정도로 악취
가 뿜어나왔다. 그리고 섬뜩하리만치 새하얗고 납작한 이들이 놀
라서 줄줄이 도망쳐나왔다. 비늘처럼 때가 앉은 몸뚱이는 마치 소
나무 둥치가 널브러져 있는 듯했다. 가슴엔 갈비뼈가 하나하나 그
대로 드러나 있었다. 각기가 심해지고부터는 제대로 걷지 못했기
때문에 소변은 그냥 누워서 지렸던 듯 지독한 악취가 가득했다. 훈
도시와 셔츠 역시 검붉은 색으로 변해 있었는데, 집어올리자 황산
이라도 뿌린 듯이 너덜너덜 부스러질 것 같았다. 옴폭한 배꼽 주위
엔 때와 먼지가 가득 끼어 배꼽은 보이지도 않았다. 항문 주위엔

똥이 완전히 말라 진흙처럼 달라붙어 있었다.

"깜찻까에선 죽고 싶지 않아."──그는 죽으면서 그렇게 말했다
고 했다. 하지만 실은 그가 숨을 거둘 때 곁에서 지켜준 이는 아무
도 없었을지도 모른다. 깜찻까에서는 누구라도 죽고 싶지 않을 것
이다. 어부들 중엔 그런 그의 심정을 생각하며 소리내어 우는 이도
있었다.

염을 하는 데 쓸 더운물을 얻으러 가자 주방장이 "정말 안됐네"
했다. "넉넉히 가지고 가게나. 몸도 무척 더러울 테니."

더운물을 가지고 오다가 감독과 마주쳤다.

"어디로 가지고 가는 거야?"

"염을 하려고" 했더니,

"아껴 써" 하고는 뭔가 할 말이 남은 듯하더니 그냥 스쳐갔다.

돌아온 어부는 "정말이지 그때만큼은 뒤에서 그놈 대갈통에다
가 뜨거운 물을 확 끼얹어주고 싶더라니까!" 했다. 흥분해서 몸을
부들부들 떨었다.

감독은 집요하게 찾아와서는 모두의 기색을 살피곤 했다. ── 하
지만 다들 이튿날 졸더라도, 고꾸라져가며 작업을 하더라도 ── 혹
은 전처럼 '태업'을 하는 한이 있어도 함께 '상'을 치르자고 했다.
그렇게 정해졌다.

8시쯤이 되어서야 겨우 대충 준비가 되어 향과 초에 불을 붙이
고 모두들 그 앞에 앉았다. 감독은 끝내 오지 않았다. 선장과 의사
가 그나마 한시간쯤 앉아 있었다. 단편적으로 ── 떠듬떠듬 불경 문

구를 기억하는 어부가, 모두들 "그렇게라도 괜찮아, 마음이 통하니까" 하는 바람에 독경을 하게 되었다. 불경을 외는 동안 모두 조용했다. 누군가 훌쩍이기 시작했다. 독경이 끝날 때쯤에는 그런 이가 몇으로 불어났다.

독경이 끝나고 한 사람씩 향을 피웠다. 그리고 정좌를 풀고 삼삼오오 편하게 모여 앉았다. 죽은 동료 이야기는 살아 있는──그러나 생각해보면 더없이 위태롭게 살아 있는 자신들 이야기로 이어져갔다. 선장과 의사가 다녀가고 나자, 말더듬이 어부가 향과 촛불을 세워둔 시체 옆 탁자 쪽으로 나아갔다.

"나는 경은 몰라. 그러니 경을 읽어서 야마다의 영혼을 위로해줄 수는 없지. 하지만 나는 곰곰이 생각해보았어. 야마다는 얼마나 죽고 싶지 않았을까 하고. ──아니, 사실을 말하자면, 얼마나 살해당하고 싶지 않았을까 하고. 분명히 야마다는 살해당한 거야."

듣고 있던 이들은 찬물을 끼얹은 듯 조용해졌다.

"그렇다면 누가 죽였는가? ──말 안해도 알고들 있겠지! 난 경으로 야마다의 영혼을 달래줄 수는 없어. 하지만 우리들은, 야마다를 죽인 자에게 원수를 갚음으로써, 갚음으로써 야마다를 위로할 수가 있는 거야. ──이 사실을, 지금이야말로, 야마다의 영혼에게 우리는 맹세해야만 한다고 생각해……"

선원들이었다. 가장 먼저 "그렇지"라고 말한 것은.

게 비린내와 사람들의 열기로 차 있는 '똥통' 안에 마치 향수라도 뿌린 듯이 향냄새가 감돌았다. 9시가 되자 잡부들이 돌아갔다.

지쳐서 앉은 채로 졸고 있던 이들은 돌이 담긴 가마니처럼 좀처럼 일어서지 못했다. 잠시 후엔 어부들도 하나둘씩 잠들어버렸다. ──파도가 일었다. 배가 흔들릴 때마다 촛불이 꺼질 듯이 가늘어졌다가 다시 밝아졌다가 했다. 주검의 얼굴 위에 덮어둔 흰 무명천이 떨어질 듯 흔들렸다. 미끄러져내렸다. 그곳만 보고 있으면 소름이 돋을 만큼 섬뜩했다. ──배 옆구리에 파도 소리가 울리기 시작했다.

이튿날 아침, 8시가 넘도록 한바탕 작업을 하고 나서 감독이 정한 선원과 어부 네 사람만 아래로 내려갔다. 전날 밤의 어부가 불경을 올리고 나서 그 네 사람 외에 환자 서너명이 함께 마대에 시체를 담았다. 마대는 새것도 많이 있었지만 감독은 곧 바다에 던질 건데 새것을 쓰는 것은 사치라면서 고집을 부렸다. 배에는 더이상 남아 있는 향도 없었다.

"정말 불쌍하구먼. ──이래서야 정말 죽구 싶지 않았겠지."

좀처럼 구부려지지 않는 팔을 모아 마대 안에 집어넣으며 눈물을 떨어뜨렸다.

"안돼, 안돼. 눈물을 흘리면……"

"어떻게든 하꼬다떼까지 데리고 갈 수 없을까? ……봐, 이 얼굴. 깜찻까의 차디찬 물에는 들어가기 싫다구 허잖여. ──바다에 내던져지다니, 한심하구먼……"

"똑같은 바다라지만 깜찻까여. 겨울이 되면 ──9월만 지나면 배 한척두 없이 얼어붙는 바다라니께, 북쪽의 막장 끄트머리의!"

"엉엉." ─ 울고 있었다. "게다가 이렇게 자루에 넣으라잖아, 겨우 예닐곱명이 말여. 삼사백명이나 있건만!"

"우린, 죽어서두 별 볼 일 없는 거야……"

다들 반나절만이라도 좋으니 쉬게 해달라고 부탁했지만 전날부터 게가 많이 잡히기 시작해서 허락해주지 않았다. "공과 사를 혼동하지 말라구." 감독은 그렇게 말했다.

감독은 '똥통'의 천장에서 얼굴만 들이밀고,

"이제 됐지?" 하고 물었다.

어쩔 수 없이 그들은 "됐어"라고 말했다.

"자, 옮겨."

"그런데 선장님이 그전에 조사弔詞를 읽어주기로 했는데."

감독은 "선장이? 조사아 ─?" 하고 비웃더니 "바보 같으니라구! 그런 태평한 짓을 할 것 같아?" 했다.

태평한 짓은 할 수 없었다. 게가 갑판에 산더미처럼 쌓여 바스락바스락 집게발로 바닥을 긁고 있었다.

마대는 지체없이 운반되어, 거적에 싼 연어나 송어처럼 아무렇게나 선미에 달린 발동기선에 실렸다.

"됐나?"

"됐어……"

발동기가 덜그럭대며 움직이기 시작했다. 선미에서 물이 휘돌며 거품을 일으켰다.

"자아……"

"그럼……"

"잘 가게."

"쓸쓸해두 참구 있어." 나지막한 소리로 말했다.

"자아, 부탁하네!"

본선에서 발동기선에 탄 이에게 부탁했다.

"응, 응. 알겠네."

발동기는 난바다 쪽으로 멀어져갔다.

"자, 그럼!"

"가버렸구먼."

"마대 속에서 가기 싫어, 싫어, 하고 있는 것 같아서 말야…… 눈에 보이는 것 같아."

──어부가 게잡이에서 돌아왔다. 그리고 감독이 '제멋대로' 해버린 조치에 관해 들었다. 그 이야기를 듣자 화가 나기보다는 자신이──주검이 된 자신의 몸이 시커먼 깜찻까 바다에 그런 식으로 내던져진 듯 오싹했다. 다들 입을 다문 채 그대로 줄지어 트랩을 내려갔다.

"알겠어, 알겠다고." 입속으로 투덜거리며, 소금기로 묵직해진 작업복을 벗었다.

8

겉으로는 아무것도 드러내지 않는다. 눈치채지 못하도록 손아귀에서 슬쩍 힘을 푼다. 감독이 제아무리 악을 써도, 후려치며 돌아다녀도, 말대꾸도 하지 않고 '점잖게' 견딘다. 그것을 하루걸러 한번씩 되풀이한다. (처음엔 움찔움찔, 부들부들 떨며 했었다.) ──그렇게 '태업'이 이어졌다. 수장水葬이 있고부터는 더욱 제대로 손발이 맞아갔다.

작업량은 눈앞에서 줄어들었다.

중년을 넘긴 어부는, 일을 할 때는 누구보다도 힘이 팽겼지만 '태업'엔 싫은 얼굴을 했다. 하지만 내심(!) 걱정하던 일은 일어나지 않았고 정말 신기하게도 오히려 '태업'이 효과 있다는 것을 알고 나서는 젊은 어부들이 말하는 대로 움직이기 시작했다.

곤혹스러운 것은 카와사끼선의 기관사였다. 카와사끼선에 관해서는 그들에게 전적으로 책임이 있었고 감독과 일반 어부 사이에 있으면서 '어획고'에 관해서는 감독과 거의 대등하게 지내왔다. 그러니 정말 힘들었다. 결국 3분의 1만 '어쩔 수 없이' 어부 편을 들었고, 나머지 3분의 2는 감독의 조그만 '분점'分店 — 작은 '○'[17]였다.

"그야 물론 힘들지. 공장처럼 딱딱 일이 정해져 있는 게 아니잖아. 상대가 살아 있는 생물이니까. 게가 인간님께 맞춰 시간 정해놓고 날 잡아가슈, 허질 않으니까. 별수 없잖아." — 완전히 감독의 축음기였다.

이런 일이 있었다. — 똥통에서, 잠들기 전 무슨 이야기 끝엔가 이야기가 이리저리 날아다녔다. 그때 얼핏 기관사가 으스대는 소리를 하고 말았다. 그리 대단한 것도 아니었지만 '일반' 어부가 발끈했다. 게다가 어부는 약간 취해 있었다.

"뭐라고?" 느닷없이 고함을 쳤다. "이 자식, 뭐야. 너무 까불지 않는 게 좋을 거여. 고기잡이 나가서 우리들 네댓이서 너 같은 놈하나 바닷속에 처넣어버리는 건 식은 죽 먹기야. — 그걸루 끝이야. 깜찻까라구. 네놈이 어떻게 죽었는지 누가 알겠냐!"

그런 소릴 한 사람은 일찍이 없었다. 그런데 화통 삶아 먹은 듯한 소리로 내질러버린 것이다. 다들 입을 다물었다. 그때까지 하던

---

17 작가 노트에는 '발톱'(爪)이라고 썼다가 지운 흔적이 있다. 아마도 게에 비유하려다가 마음이 바뀐 듯하다.

다른 이야기들도 거기서 뚝 끊겨버렸다.

하지만 이것이 어쩌다 기세 좋게 허풍을 떤 것만도 아니었다. 그것은 지금까지 '굴종'밖에 모르고 살던 어부를, 전혀 생각지도 않게 등 뒤에서 엄청난 힘으로 밀어 넘어뜨렸다. 나동그라진 어부는 처음엔 얼떨떨하여 안절부절못했다. 그것이 모르고 있던 자신의 힘이라는 사실을 깨닫지 못한 채.

—그런 일을 '우리가' 할 수 있을까? 물론 할 수 있다.

그렇게 깨닫고 나자, 이번엔 그것이 신기한 매력이 되어 반항적인 기분이 모두의 마음속에 스며들었다. 지금까지 잔혹하기 짝이 없는 노동으로 착취를 당해온 것이 오히려 지금에 와서는 더없이 좋은 기반이었다. —이렇게 되면 감독이고 나발이고 다 필요없어! 모두들 통쾌해했다. 일단 이런 마음이 깃들고 나자, 갑자기 눈앞에 회중전등을 갖다댄 듯이 자신들의 구더기 같은 삶이 또렷하게 보이기 시작했다.

"까불지 마, 이 자식." 이 말이 유행하기 시작했다. 툭하면 '까불지 마, 이 자식'이었다. 무슨 일에고 이 말을 썼다. —까부는 자식은, 그런데 어부들 중엔 하나도 없었다.

이와 비슷한 일이 한두번이 아니었다. 그럴 때마다 어부들은 '깨달아'갔다. 그리고 그것이 거듭되는 동안, 일만 있으면 어부들 가운데서 언제나 앞으로 내세워지는 서너명이 정해졌다. 그건 누가 굳이 정한 것도 아니고, 사실 아직 정해졌다고도 할 수 없었다. 다만, 뭔가 일이 생기거나 혹은 해야 할 일이 있으면 그 서너명의 의견이 모두의 것과 일치했고, 그래서 다들 그들 의견대로 움직이게 되었다. ─학생 출신 두명, 말더듬이 어부, '까불지 마' 어부가 그들이었다.

학생이 연필에 침을 발라가며 밤새 엎드린 채 종이에 뭘 적어나갔다. ─그것은 학생의 '제안'이었다.

제안(책임자의 그림)

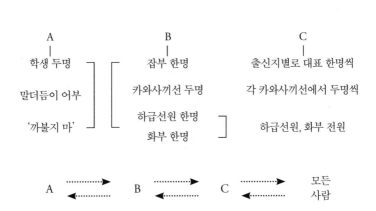

학생은 "어때?" 하고 물었다. 어떤 일이 A에서 일어나든 C에서 일어나든, 전기보다 빠르고 야무지게 '전체의 문제'로 삼을 수가 있다며 젠체했다. 그리고 그렇게 하기로 일단 정해졌다. ─실제로는 그렇게 쉽사리 이루어진 건 아니지만.

"살해당하고 싶지 않은 자는 오라!" ─학생 출신의 자랑스러운 선전문구였다. 모오리 모또나리가 화살을 부러뜨린 이야기[18]며 내무성인가의 포스터에서 본 적이 있는 '줄다리기'의 예를 끌어왔다.

"우리 네댓 사람이면 기관사 한 놈쯤 바닷속에 처넣어버리는 건 식은 죽 먹기야. 힘을 내자구."

"일대일로는 어렵지. 위험해. 하지만 저쪽은 선장부터 모두 합해 봤자 열명도 안돼. 그런데 이쪽은 거의 사백명이야. 사백명이 하나가 되면 당연히 우리가 이기지. 열명에 사백명! 어디 한번 붙어보려면 붙어보라는 거지." 그러고는 마지막엔 "살해당하고 싶지 않은 자는 오라!"였다. ──어떤 '멍텅구리'에 '술고래'라도 자기들이 반죽음이나 마찬가지인 생활을 강요당하고 있다는 것은 알고 있었고, (실제로 눈앞에서 살해당한 동료가 있다는 것도 알고 있다) 게다가, 견디다 못해 찔끔찔끔 했던 '태업'이 뜻밖에 효과가 있었던 까닭에 학생 출신이나 말더듬이가 하는 말도 곧잘 먹혀들어갔다.

일주일 전쯤, 큰 폭풍으로 발동기선의 스크루가 망가져버렸다. 수리를 위해 잡부장이 어부 네댓명과 함께 하선해서 육지에 올랐다. 돌아오면서 젊은 어부 하나가 일본 글자로 인쇄된 '적화선전' 팸플릿이니 삐라를 잔뜩 숨겨왔다. "일본인들이 이렇게 많이들 하고 있어" 하고 말했다. ──자신들의 임금과 긴 노동시간, 회사가 몽땅 가져가는 돈, 파업에 관한 것들이 적혀 있어서 모두들 재미있어 하며 돌려가며 읽기도 하고 이야기를 주고받기도 했다. 하지만 개중에는 거기 쓰인 문구에 오히려 반발심을 느껴, 이런 끔찍한 일을 '일본인'이 할 수 있을까, 하는 이도 있었다.

---

18 모오리 모또나리는 센고꾸시대의 무장으로, 세 아들에게 '하나의 화살은 쉽게 부러지지만 세개의 화살은 부러지지 않는다'는 유언을 남긴 고사로 유명하다.

반면 "나는 이게 진짜라구 생각허는데" 하며 삐라를 들고 학생 출신에게 물으러 오는 어부도 있었다.

"진짜라니까. 약간 거창하게 들릴지 몰라두."

"하긴, 이렇게라두 안허믄 아사까와 같은 눔의 성깔이 고쳐지겠어?" 하고 웃었다. "거기다가 그눔들한테 더 지독헌 짓을 당하구 있으니깐 이걸루 비기는 거여!"

어부들은 터무니없는 소리라고 말은 하면서도 '적화운동'에 호기심을 보이기 시작했다.

폭풍 때도 그렇지만, 안개가 짙어지면 카와사끼선을 부르기 위해 본선에서 끊임없이 기적을 울렸다. 굵다란, 소 울음소리 같은 기적이 물처럼 진하게 낀 안개 속에서 한시간이고 두시간이고 울려댔다. ──하지만 그렇게 해도 제대로 돌아오지 못하는 카와사끼선이 있었다. 그런데 그럴 때면, 일이 너무 고되다보니 일부러 목표를 잃어버린 척, 깜찻까를 표류하는 배들도 있었다. 비밀리에 가끔씩 그렇게 했다. 러시아 영해 안으로 들어가 고기를 잡으면서부터는 미리 육지에 목표지를 어림잡아두면 의외로 어렵지 않게 이런 표류를 할 수 있었다. 그런 패들 중에도 '적화'에 관해 듣고 오는 이들이 있었다.

──회사는 어부를 고용할 때 언제나 세심하게 주의를 기울였다. 모집하는 지역의 촌장이나 서장에게 부탁해서 '모범 청년'을 데려온다. 노동조합 따위에 관심이 없는, 말 잘 듣는 노동자를 고른다. '빈틈없이' 만사형통! 하지만 게 가공선의 '작업'은 이제 완전히

거꾸로, 이들 노동자들을 단결, 조직해가고 있었다. 아무리 '빈틈없는' 자본가라도 이런 불가사의한 앞날까지는 점칠 수 없었다. 그것은 얄궂게도 미조직 노동자, 구제불능의 '술고래' 노동자들을 일부러 끌어모아 단결하도록 가르쳐주는 것이나 마찬가지였다.

9

감독은 당황하기 시작했다.

해당 고기잡이철의 연평균에 비해 게 어획량이 뚝 떨어져 있었다. 상황을 들어보니 다른 배들은 작년보다 훨씬 실적이 나은 듯했다. 이천 상자는 뒤지고 있다. ──감독은 더는 지금처럼 '부처님' 노릇이나 하고 있어서는 안되겠다고 생각했다.

본선이 이동하기로 했다. 감독은 끊임없이 무선을 몰래 엿듣게 해서 다른 배의 그물이라도 상관없이 무조건 끌어올리라고 시켰다. 20해리 정도 남하하여 처음으로 끌어올린 그물에는 게들이 다글다글, 그물눈에 다리가 걸려 매달려 있었다. 틀림없이 ××호 것이었다.

"자네 덕일세" 하며 그는 감독답지 않게 무전사의 어깨를 두드렸다.

그물을 끌어올리다가 들켜서 발동기선이 허둥지둥 도망쳐오는 일도 있었다. 다른 배의 그물을 닥치는 대로 끌어올리면서부터 일이 갈수록 늘어나고 바빠졌다.

일을 조금이라도 게을리한다고 판단되면 호되게 담금질을 한다.
떼 지어 게으름을 부리는 자들은 깜찻까 체조를 시킨다.
처벌로서 임금 말소.
하꼬다떼에 돌아가면 경찰에 넘긴다.
감독에게 감히 조금이라도 반항할 때에는 총살당한다고 생각할 것.

아사까와 감독

잡부장

이런 벽보가 공장 출구에 나붙었다. 감독은 총알을 장전한 권총을 줄창 들고 다녔다. 모두가 일하고 있는 머리 위에서 갈매기나 배 어딘가를 겨누어 '시위'라도 하듯이 느닷없이 쏘아댔다. 기겁하고 놀라는 어부들을 보며 히죽히죽 웃었다. 그야말로 자칫하다가는 '정말로' 총에 맞아 죽을 것만 같은 섬뜩한 느낌을 모두가 맛보았다.

하급선원이나 화부까지 모두 동원되었다. 제멋대로 부려먹었다.

선장은 그에 대해 한마디도 하지 못했다. 선장은 '간판' 노릇만 하고 있으면 그것으로 훌륭하게 제 몫을 다하는 것이었다. 전에 이런 일이 있었다. ──러시아 영해에 들어가 고기를 잡겠다며 배를 들여놓으라고 선장에게 강요했다. 선장은 자신의 공적 입장에서 그럴 수는 없다고 버텼다.

"맘대로 해!" "부탁 안해!" 하더니 감독 패거리가 자기들 맘대로 영해 안에 닻을 내려버렸다. 그것을 러시아 감시선이 발견하고 추적해왔다. 그리고 심문을 당하게 되자, 횡설수설하더니 '비겁'하게도 발뺌을 했다. "그런 모든 일들은 배에서는 당연히 선장이 대답할 문제니까……" 하며 억지로 떠넘겨버렸다. 사실 이 간판은 그래서 필요했다. 그것만으로 족했다.

그런 일이 있고 나서 선장은 하꼬다떼로 귀항할 생각을 몇번이나 했다. 하지만 그렇게 하지 못하게 만드는 힘이 ──자본가의 힘이, 여전히 선장을 움켜쥐고 있었다.

감독은 "이 배 전체가 회사 거야, 알겠어? 우하하하하하하!" 하고 입술을 세모꼴로 일그러뜨리고 까치발이라도 할 듯이 큰 소리로 거침없이 웃어댔다.

──'똥통'으로 돌아오면 말더듬이 어부는 벌러덩 드러누웠다. 억울하고 약 올라서 견딜 수가 없었다. 어부들은 그와 학생 출신이 있는 쪽을 안되었다는 듯이 바라보긴 했지만 아무 말도 할 수 없을 정도로 완전히 오그라들어버렸다. 학생이 만든 조직도는 휴지 조각이 되어버렸다. ──그런데도 학생은 그런대로 힘을 잃지 않고 있

었다.

"무슨 일이 있으면 떨치고 일어날 거야. 그 대신 그 무슨 일을 제대로 잘 잡아내야지" 하고 말했다.

"이런 꼴인데 떨치고 일어날 수 있을까?" ─ '까불지 마' 어부였다.

"일어날 수 있느냐고? 바보. 이쪽은 머릿수가 많다구. 무서울 것 없어. 거기다가 놈들이 제멋대로 굴면 굴수록, 지금이야 안으로 안으로 움츠러들고 있지만, 화약보다도 강한 불평불만이 모두의 마음속에 쌓이고 또 쌓이는 중이야. ─ 난 그걸 믿고 있지."

"그럴듯하긴 하군." '까불지 마'는 '똥통' 속을 휘 둘러보고는,

"그런 녀석들이 있으려나, 이눔이나 저눔이나……" 푸념하듯 말했다.

"우리부터 푸념이나 하고 있으면 ─ 그걸루 끝이야."

"보라구, 너 하나뿐이야, 기운이 있는 건. ─ 이번에 일을 벌여 봐, 목숨 걸어야 할걸."

학생의 얼굴이 어두워졌다. "그렇겠지……" 하고 말했다.

감독은 졸개를 데리고 밤에 세번이나 순찰을 돌았다. 서너명만 모여 있어도 호통을 쳤다. 그것으로 부족했는지 자기 졸개를 비밀리에 '똥통'에 재웠다.

─ '쇠사슬'은 단지 눈에 보이지 않을 뿐이었다. 모두들 실제로 굵다란 쇠사슬을 질질 끌고 다니는 듯 발걸음이 무거웠다.

"난, 분명히 살해당할 거여."

"응, 그래두 어차피 살해당할 거라면, 그땐 해치울 거야."

시바우라에서 온 어부가,

"멍청이!" 하며 옆에서 고함을 질렀다. "살해당할 거라면? 멍청하긴, 언제라는 거야, 그게? ─지금 살해당하고 있는 거 아냐? 아주 조금씩 말야. 그놈들은 말야, 능숙하다구. 권총을 당장이라두 쏠 것처럼 늘상 들구는 다니지만 여간해선 그런 바보짓은 안해. 그건 '술수'라구. ─알겠어? 그놈들, 우리를 죽였다가는 지들 쪽이 손해거든. 목적은─ 진짜 목적은 우리를 호되게 부려서 기름틀에서 쫙쫙 짜내듯이 단단히 한몫 잡는 거야. 우리는 그 짓을 날마다 당하고 있는 거지. ─어때, 말이 돼? 마치 누에가 와삭와삭 먹어치우고 있는 뽕잎처럼 우리들 몸이 죽어가고 있는 거라니까."

"바로 그거지!"

"맞어, 개똥 같어." 두툼한 손바닥으로 불붙은 담배를 굴렸다. "두고 보자, 어디, 제기랄!"

배가 지나치게 남하하여 조그만 암게들만 많이 잡혔기 때문에 북쪽으로 이동하게 되었다. 그 통에 모두 잔업을 하고는 좀 일찍 (오랜만에!) 일이 끝났다.

모두 '똥통'으로 내려왔다.

"다들 늘어졌네."

"저기, 내 발 좀 봐. 후들후들해서 계단도 못 내려가겠어."

"안됐구먼. 그런데도 여전히 죽을 둥 살 둥 일을 해바치겠다?"

"누가 그려! ─어쩔 수가 없는 거지."

시바우라가 웃었다. "죽을 때도 어쩔 수 없겠지?"

"………"

"그냥 이대로 가면, 너는 네댓새야."

상대방은 순간 안색이 변하며 누렇게 부은 한쪽 볼과 눈꺼풀을 찡그렸다. 그러고는 말없이 자신의 널판 한쪽 끝에 가 앉더니 무릎 아래 다리를 흔들거리며 손날을 세워 관절을 두드렸다.

──아래쪽에서 시바우라가 손을 휘저어가며 떠들고 있었다. 말더듬이가 몸을 흔들어가며 맞장구를 쳤다.

"알겠지, 설령 돈 있는 놈이 돈을 내서 만들었으니 배가 있다고 치더라도 말야, 선원이나 화부가 없으면 움직이겠나? 게가 바다 밑에 몇억마리가 있은들. 만약에 온갖 것을 다 준비해서 여기까지 오는 데 드는 돈을 다 댔다고 해도 말야, 우리가 일을 안하면 단 한마리 게라도 그 부자 호주머니로 들어가겠냐고? 안 그래? 우리가 올 여름 내내 여기서 일을 하는데 도대체 얼마나 돈을 받나? 그런데 부자는 이 배 한척으로 순전히 손에 쥐는 것만 사오십만 엔을 차지한단 말야. ──자, 그러면 그 돈이 어디서 나오는 거야? 무에서 유는 생길 수 없다. ──알겠는가? 모조리 우리들의 힘이야. ──그러니까 이제부터 비 맞은 중놈 같은 낯짝들 하지 말란 말이지. 좀 거들먹거려도 된다는 거야. 갈 데까지 가게 되면, 거짓말이 아냐, 저쪽에서 우리한테 벌벌 떨게 되어 있어. 쫄지 마.

선원이나 화부 없이 배는 못 움직여. ──노동자가 안 움직이면 땡전 한푼도 부자들 주머니엔 안 들어간다고. 아까 말한 것처럼 배를 사고, 도구를 채워넣고, 채비하는 데 드는 돈도 역시 다른 노동자가 피땀을 쥐어짜서 벌어준 것이지 ─ 우리들한테서 착취해간 돈이라구. ─ 부자들과 우리는 부모자식인 거야……"

감독이 들어왔다.

다들 당황한 기색으로 부스럭거리기 시작했다.

10

공기가 유리처럼 차갑고 티 한점 없이 맑았다. ──2시인데 벌써 날이 새고 있었다. 깜찻까의 산봉우리들이 금보랏빛으로 반짝이고, 바다 위 두세치 높이에서 지평선이 남쪽으로 길게 뻗어 있었다. 잔물결이 일면서 그 물결 하나하나가 아침 해를 받아 새벽다운 서늘함으로 빛나고 있다. ──그것이 뒤엉켜 부서지고, 또다시 뒤섞이며 부서졌다. 그때마다 반짝반짝 빛났다. 기러기 울음소리가 (모습은 보이지 않지만) 들려왔다. ──상쾌한 추위였다. 짐을 덮어둔 기름에 전 마포가 때때로 펄럭였다. 어느샌가 바람이 불고 있었다.

작업복 소매에 허수아비처럼 팔을 꿰면서, 어부가 계단을 올라와 해치에서 고개를 내밀었다. 그러고는 튕겨내듯 소리쳤다.

"아, 토끼가 뛰고 있어. ──이거, 큰 폭풍이 오겠는걸?"

삼각파도가 일고 있었다. 깜찻까 바다에 익숙한 어부는 금세 알아차린다.

"위험해. 오늘은 쉬겠구면."

한시간쯤 지나서였다.

카와사끼선을 내리는 윈치 아래 여기저기 일고여덟명씩 어부들이 모여 서 있었다. 카와사끼선은 모두 반쯤 내려진 채, 흔들흔들 매달려 있었다. 어부들은 바다를 향한 채 어깨를 흔들어가며 입씨름을 하고 있었다.

잠시 후였다.

"그래, 관두자!"

"될 대로 되라지, 쳇!"

누군가 그렇게 실마리를 만들기를 모두 기다렸던 모양이다.

어깨를 서로 밀어대며, "어이, 끌어올리자!" 하고 말했다.

"응."

"그래, 응!"

한 사람이 찡그린 눈길로 윈치를 올려다보며 "그렇지만……" 하고 망설이고 있었다.

마침 지나가던 이가 한쪽 어깨를 추켜올리며,

"죽고 싶으믄 혼자 가!" 하고 내뱉었다.

모두 함께 뭉쳐 걷기 시작했다. 누군가 "정말 괜찮을까?" 하고 조그맣게 속삭였다. 두 사람 정도가 애매하게 뒤처졌다.

다음 윈치 아래에도 어부들은 멈춰 서 있었다. 그들은 제2호 카와사끼선 패거리가 자기들 쪽으로 걸어오는 것을 보고 그 의미를 알아챘다. 네댓명이 소리치며 손을 흔들었다.

"중지야, 중지!"

"그래, 중지!"

두 무리가 합쳐지면서 활기가 돌았다. 어쩌면 좋을지 몰라 뒤처졌던 두세 사람은 눈이 부신 듯이 이쪽을 보고는 멈춰 서 있었다. 모두 제5호 카와사끼선 부근에서 다시 하나가 되었다. 그들을 보더니 처졌던 이들도 중얼중얼하면서 뒤따라 걷기 시작했다.

말더듬이 어부가 돌아보며 큰 소리로 외쳤다. "제대로 해!"

어부들의 덩어리가 혹을 달며 눈사람처럼 커져갔다. 이들 앞뒤로 학생과 말더듬이가 왔다 갔다 쉴 새 없이 뛰어다니고 있었다. "좋아, 흩어지면 안돼! 바로 그거야. 이젠 됐어. 이젠—!"

굴뚝 옆에 빙 둘러앉아 밧줄을 수선하고 있던 선원이 일어나 발돋움을 하며,

"어이, 뭐 하는 거야?" 하고 소리쳤다.

모두 그쪽을 보며 손을 흔들고 와아, 하고 함성을 질렀다. 위에서 내려다보고 있던 선원들에게 그것은 흔들리는 숲처럼 보였다.

"좋아. 자, 작업 따위 중지다!"

밧줄을 재빨리 걷어치우기 시작했다. "기다리고 있었다구!"

그것을 어부들 쪽에서도 알아차렸다. 와아, 하는 함성이 두번 일었다.

"일단 똥통으로 돌아가는 거여."

"그려. ─ 지독헌 눔들이여. 엄청난 폭풍이 올 걸 뻔히 알면서도 배를 내리겠다니. ─ 살인자들이여!"

"그런 눔들한테 살해당한다는 건, 말이 안되지!"

"이번에야말로, 각오해라!"

거의 한명도 남김없이 똥통으로 돌아왔다. 개중엔 '할 수 없이' 따라온 자들도 없진 않았다.

─ 모두들 우르르 들어오는 통에 어둑한 곳에 누워 있던 병자가 깜짝 놀라 판자처럼 여윈 윗몸을 일으켰다. 이유를 들려주자 그는 금세 눈물을 글썽이며 몇번이나 고개를 끄덕였다.

말더듬이 어부와 학생이 기관실의 줄사다리 같은 트랩을 내려 갔다. 서두르고 있었던데다가 익숙지가 않아 몇번이나 발이 미끄 러져서 가까스로 손을 뻗어 매달리곤 했다. 그 안은 보일러의 열기 때문에 후끈한데다가 어둡기까지 했다. 순식간에 온몸이 땀투성이 가 되었다. 아래서 뭐라고 높은 소리로 떠들고 있는 것이 깡, 깡, 까 앙 하며 울리고 있었다. ─ 지하 몇백척이라는 지옥과도 같은 수직 갱도를 처음 내려가는 듯한 두려움을 느꼈다.

"이것도 고된 일이구먼."

"그려, 거기다가 또, 가, 갑판까지 끌려나와 게, 게 으깨기까지 시, 시키믄 증말 모, 모, 못 견딜 거여."

"됐어, 화부도 우리 편이야!"

"응, 되었─어!"

트랩을 타고 보일러 옆을 따라 내려갔다.

"아, 뜨거. 진짜 못 견디겠네. 훈제 인간이 돼버리겠어."

"장난 아니지, 지금은 불을 안 때는데도 이 정도야. 불을 땔 때는!"

"그러게, 증말. 그렇겠네."

"인도양을 지날 때는 삼십분씩 교대하는데 그래도 기진맥진한다니까. 무심코 불평을 한 일등기관사가 삽으로 엄청나게 얻어터지고, 결국 보일러에서 불살라져버린 적도 있다는 거여. ─ 있을 법한 일이지!"

"그러게……"

보일러 앞은 다 탄 석탄을 꺼내놓고 물이라도 뿌린 것인지 재가 펄펄 날리고 있었다. 그 옆에서 화부들이 반 벌거벗은 채로 담배를 입에 문 채, 쭈그리고 앉아 이야기를 나누고 있었다. 어둑어둑해서 마치 고릴라들이 웅크리고 있는 것 같았다. 석탄 창고 입구가 반쯤 열려 있어 서늘하고 깜깜한 내부가 으스스하게 드러났다.

"어이." 말더듬이가 불렀다.

"누구야?" 위를 올려다봤다. '누구야─누구야─누구야' 하고 세번쯤 메아리쳤다.

그곳으로 두 사람이 내려갔다. 그들이라는 것을 알고는,

"잘못 든 거 아녀? 길을" 하고 한 사람이 큰 소리로 말했다.

"파업이야."

"파·어가 어쨌다구?"

"파어가 아니라 파업이라구."

"하는 건가!"

"그래, 이대로 계속 불을 때서 하꼬다떼로 돌아가면 어때? 재밌겠는걸."

말더듬이는 '됐다!' 싶었다.

"그래서 다들 힘을 모아서 저눔들헌테 몰려가려구 해!"

"해라, 해!"

"해라가 아니라 하자, 그래야지."

학생이 끼어들었다.

"맞어, 맞어, 미안. ──하자, 하자구!" 화부는 석탄재를 허옇게 뒤집어쓴 머리를 긁적였다.

모두 웃었다.

"자네들은 자네들대로 모두 한 덩어리가 되어주었으면 해."

"응, 알았네. 문제없어. 모두들 언제 한번 후려패주고 싶어하던 참이었으니까."

──화부 쪽은 이걸로 됐다.

잡부들은 모두 어부들 있는 곳으로 데려다놓았다. 한시간 정도 지나면서 화부와 하급선원이 가담하기 시작했다. 모두 갑판에 모였다. '요구사항'은 말더듬이, 학생, 시바우라, '까불지 마'가 모여서 정했다.

그것을 모두가 모인 곳에서 그들에게 제시하기로 했다.

감독 패거리는 어부들의 소동을 알아차렸고──그후 전혀 모습을 보이지 않고 있었다.

"이상한데."

"그러게, 이상하네."

"권총을 갖고 있어봤자 이렇게 되면 소용없을걸."

말더듬이 어부가 조금 높은 곳으로 올라갔다. 다들 박수를 쳤다.

"여러분, 마침내 때가 왔다! 오래고 오랜 동안 우리는 기다리고 있었다. 우리들은 반죽음이 되면서도 기다리고 있었다. 두고 봐라, 하면서. 그런데 드디어 온 것이다.

여러분, 무엇보다 우선 우리들끼리 힘을 모아야 한다. 우리들은 무슨 일이 있어도 동료를 배신해선 안된다. 이것만 굳게 지켜준다면 녀석들을 쳐부수는 것은 벌레잡기보다 더 쉬운 일이다. ─그렇다면 두번째는 무엇인가? 여러분, 두번째도 힘을 합하는 것이다. 단 한 사람의 낙오자도 나오지 않도록 하는 것이다. 한 사람의 배신자, 단 한명의 배반도 일어나지 않아야 하는 것이다. 단 한명만 배신해도 삼백명의 목숨을 죽일 수 있다는 사실을 알아야만 한다. 한 사람의 배신……"("알았어, 알았다구.""문제없어.""걱정 말고 하라니까.")

"우리들의 교섭이 놈들을 쳐부술 수 있을지, 그 역할을 온전히 완수할 수 있을지 어떨지는 무엇보다 여러분의 단결의 힘에 달려 있다."

이어서 화부 대표가 일어나고, 선원 대표가 일어났다. 화부 대표는 평소에 단 한번도 한 적이 없는 말을 하려다보니 괜스레 당황했다. 말이 막힐 때마다 얼굴이 벌게지며 작업복 자락을 끌어당겼다가 해어져 구멍난 곳에 손을 넣었다가 하며 안절부절못했다. 모두들 그걸 알아채고 갑판을 발로 굴러가며 웃었다.

"……이걸로 마칠게. 하지만 여러분, 그놈들을 해치워버리자구!" 하더니 단 아래로 내려왔다.

일부러 모두들 요란스레 박수를 쳤다.

"그 말만 하면 되는 거였어." 뒤에서 누군가 놀렸다. 모두 와아, 하고 웃음을 터뜨렸다.

화부는 한여름에 보일러 옆에서 자루 긴 삽을 들고 일할 때보다 더 땀으로 흠뻑 젖어 다리가 후들거릴 지경이었다. 내려오더니 "내가 뭐라고 그랬지?" 하고 물었다.

학생이 어깨를 두드리며 "잘했어, 잘했어" 하고 웃었다.

"자네가 나빴구먼. 딴 사람도 있는데, 나 아니라도……"

"여러분, 우리는 오늘이 오기를 기다리고 있었던 겁니다." ─단위에는 열대여섯살 먹은 잡부가 서 있었다. "여러분도 아시죠, 우리 친구들이 이 가공선 안에서 얼마나 고생하며 반죽음이 되어 있는지. 밤이면 얄팍한 이불을 뒤집어쓰고 집 생각이 나서 우리는 울곤 했습니다. 여기 모인 잡부 누구에게나 물어보세요. 하룻밤도 울지 않은 사람이 없어요. 그리고 또 단 한 사람도 몸에 상처 없는 사람이 없습니다. 이런 일이 한 사흘만 이어진다면 틀림없이 죽어버릴 사람도 나올 겁니다. ─돈이 조금이라도 있는 집이라면 아직 학교에 다니며 철없이 뛰어놀 나이인 우리가 이렇게 먼…… (목이

멘다. 말을 더듬기 시작했다. 사방이 물이라도 뿌린 듯이 조용해졌다.) 하지만 이젠 괜찮습니다. 어른들의 도움을 받아가며, 우리는 밉고도 미운 그놈들에게 복수를 해줄 수가 있는 겁니다……"

그의 말은 우레와 같은 박수를 불렀다. 중년이 지난 어부 하나는 정신없이 손뼉을 쳐가며 뭉툭한 손끝으로 눈가를 몰래 훔치기도 했다.

학생과 말더듬이는 모두의 이름을 쓴 서약서를 돌려 날인을 받고 다녔다.

학생 두명, 말더듬이, '까불지 마', 시바우라, 화부 세명, 하급선원 세명이 '요구사항'과 '서약서'를 가지고 선장실로 찾아가고, 그때 밖에서는 시위를 하기로 정해졌다. ──육지에서처럼 사는 곳이 뿔뿔이 흩어져 있지 않고 준비가 충분히 되어 있어 일은 술술 풀렸다. 거짓말처럼 순조로웠다.

"이상한데. 어째서 그 도깨비가 얼굴을 안 비칠까?"

"약이 올라 그 잘난 권총이라도 쏘는 거 아닐까 싶었는데."

삼백명은 말더듬이의 선창으로 일제히 "파업 만세"를 세번 외쳤다. 학생이 "감독 녀석, 이 소리를 듣고 떨고 있을 거야!" 하며 웃었다. ──선장실로 쳐들어갔다.

감독은 한 손에 권총을 든 채, 대표들을 맞았다.

선장, 잡부장, 공장 대표…… 등이 조금 전까지 뭔가 의논을 하고 있었음이 확실해 보이는 기색으로 그들을 맞았다. 감독은 여유만만했다.

대표들이 들어가자 감독은,

"저질렀구먼" 하며 히죽히죽 웃었다.

밖에서는 삼백명이 모여 서서 고함을 질러대며 쿵쿵 발을 구르고 있었다. 감독은 "시끄러운 놈들이야!" 하고 나지막이 말했다. 하지만 그것에 개의치 않는 기색이었다. 대표들이 흥분하여 하는 말을 대충 듣고 '요구사항'과 삼백명의 '서약서'를 건성으로 훑어보더니,

"후회 안하는 거지?" 하고 맥이 빠질 만큼 느긋하게 말했다.

"멍청한 놈!" 하고 말더듬이가 느닷없이 감독의 콧등을 후려치듯이 고함을 질렀다.

"그래, 좋아. ──후회하지 마라."

그렇게 말하고는 약간 말투를 바꿨다. "자, 잘 들어. 내일 아침이 되기 전에 멋들어진 답변을 해줄 테니." ──하지만 말이 채 끝나기도 전에 시바우라가 감독의 권총을 쳐서 떨어뜨리더니 주먹으로 뺨을 후려갈겼다. 감독이 헉, 하며 얼굴을 감싸쥔 순간, 말더듬이가 버섯처럼 생긴 둥근 의자로 다리 옆쪽을 후려쳤다. 감독의 몸이 탁자에 걸리면서 맥없이 나동그라졌다. 네 다리를 치켜든 탁자가 그 위로 올라앉았다.

"멋들어진 답변? 이 새끼, 장난치냐! 목숨이 걸린 문제야!"

시바우라는 널찍한 어깨를 험하게 들썩거렸다. 하급선원, 화부, 학생 출신이 두 사람을 뜯어말렸다. 선장실 창문이 요란스럽게 부서졌다. 그 순간, 밖에서부터 고함 소리가 갑자기 커지며 "죽여버

려!""때려죽여!""해치워! 해치워버리라구!"하는 말이 또렷이 들려왔다. ──어느샌가 선장과 잡부장, 공장 대표가 방 한구석에 찌그러져 말뚝처럼 서 있었다. 얼굴이 하얗게 질려 있었다.

문을 부수며 어부와 하급선원, 화부 들이 밀려들어왔다.

오후가 되면서 큰 폭풍우가 몰아쳤다. 저녁 무렵에야 조금씩 조용히 가라앉았다.

'감독을 때려눕힌다!' 그런 일이 어떻게 가능하단 말인가, 그렇게 생각하고 있었다. 그런데 세상에! 자기들 '손'으로 그 일을 해낸 것이다. 줄곧 협박용으로 들고 다니던 권총도 못 쏘지 않았던가! 모두 들떠 떠들어댔다. ──대표들은 머리를 맞대고 앞으로의 일에 대해 여러가지 대책을 논의했다. '멋들어진 답변'이 오지 않는다면 '어디 두고 보자!' 싶었다.

어둑해진 참이었다. 해치 입구에서 망을 보던 어부가 구축함이 다가오는 것을 보았다. ──당황하여 '똥통'으로 달려왔다.

"큰일났네!"학생 하나가 용수철처럼 튀어올랐다. 순식간에 얼굴색이 변했다.

"착각하지 마." 말더듬이가 웃음을 터뜨렸다. "여기 우리들의 상태와 입장, 그리고 요구 등을 사관들에게 상세히 설명하고 도움을 받으면 오히려 이 파업은 유리하게 해결될 거야. 당연한 일이잖아."

다른 이들도 "그건 그렇지" 하고 동의했다.

"우리 제국의 군함이야. 우리 국민들 편이라고."

"아니, 아냐……" 학생은 손을 내저었다. 꽤나 충격을 받았는지 입술이 와들와들 떨렸다. 말도 더듬거렸다.

"국민 편이라고? 아니, 그렇지 않아……"

"바보! 국민 편이 아닌 제국의 군함, 그런 말도 안되는 게 어딨어?"

"구축함이 왔어! 구축함이 왔다구!" 하는 함성이 학생의 말을 억지로 무질러버렸다.

다들 우르르 '똥통'에서 갑판으로 뛰어올라갔다. 그리고 소리를 모아 느닷없이 "제국군함 만세!"를 외쳤다.

트랩 해치에는 얼굴과 손에 붕대를 감은 감독과 선장을 마주 보며 말더듬이, 시바우라, '까불지 마', 학생, 하급선원, 화부 등이 섰다. 어둑어둑해서 확실하진 않았지만 구축함에서는 세척의 보트가 나왔다. 그것이 본선 옆에 붙었다. 열대여섯명의 수병으로 꽉 차 있었다. 그들이 한꺼번에 트랩을 올라왔다.

앗! 검을 차고 있는 것이 아닌가! 그리고 모자의 턱끈을 묶고 있다!

'끝났다!' 마음속에서 그렇게 울부짖은 것은 말더듬이였다.

다음 보트에서도 열대여섯명. 그다음 보트에서도 역시 총끝에 착검하고 턱끈을 묶은 수병! 그들은 마치 해적선에라도 뛰어들듯이 우르르 올라오더니 어부와 하급선원, 화부 들을 둘러싸버렸다.

"이런! 빌어먹을 놈들 같으니라구!"

시바우라도, 하급선원과 화부 대표도 처음으로 외쳤다.

"꼴들 좋다!" 감독이었다. 파업이 시작된 후에 감독이 보인 수상쩍은 태도가 이제야 이해되었다. 하지만 늦었다.

다짜고짜 '얼간이들' '불충한 놈' '로스께 흉내나 내는 매국노' 등으로 매도당하며 대표 아홉명이 총검에 떠밀려 구축함으로 호송되어버렸다. 모두들 어안이 벙벙하여 멍하니 넋을 잃고 있던 짧은 순간에 벌어진 일이었다. 완전히 허를 찔렸다. ─신문지 한장이 타버리는 것을 보는 것보다 더 어이없었다.

─간단히 '정리되어버렸다'.

"우리에겐 우리 말고는 내 편이 없어. 그걸 이제야 알았네."

"제국군함이라고 허풍을 떨어봤자 재벌들의 앞잡이잖아. 국민 편이라구? 웃기고 있네, 개똥이야!"

수병들은 만일에 대비하여 사흘간 배에 있었다. 그동안 상관들은 밤마다 쌀롱에서 감독 등과 함께 곤드레만드레였다. ─"그런 거지, 뭐."

비록 어부들이지만, 이번에야말로 '누가 적'인지, 그리고 그들이 (정말로 뜻밖에도!) 어떤 식으로 서로 연결되어 있는지 뼈저리게 깨달았다.

해마다 고기잡이철이 끝날 무렵이면 으레 게 통조림 '헌상품'獻上品을 만들곤 했다. 그렇다고 '특별히' 목욕재계하고 만드는 것도 아니었다. 그때마다 어부들은 그저 감독이 참 별짓을 다 하는 놈이다, 했을 뿐이다. ─하지만 이번엔 달라져 있었다.

"우리의 진짜 피와 살을 짜내서 만드는 거야. 흥, 오죽 맛있겠냐? 처먹고 나서 배탈이나 안 나면 다행이지."

모두 그런 기분으로 만들었다.

"돌멩이라도 넣어둬! ——뭔 상관이야!"

"우리에겐 우리 말고는 내 편이 없다!"

이제 이 사실은 모두의 마음 깊고 깊은 곳으로 파고들어갔다.

——"어디 두고 보자!"

하지만 '두고 보자!'를 몇백번 되풀이해봤자 어쩌겠다는 건가? 파업이 비참하게 실패하고 나서 작업은 '이놈들, 이제 알겠지?' 하고 비웃듯 더욱 가혹해졌다. 지금까지의 지독함에 감독의 앙갚음이 더해져 한층 더 혹독해졌다. 어떤 한계의 극단을 넘고 있었다.

——이제 더는 버틸 수 없는 상태까지 와 있었다.

"——우리가 잘못한 거야. 그런 식으로 아홉이면 아홉명의 대표를 전면에 내세우는 게 아니었어. 마치 우리들의 급소는 여기다, 하고 일러주는 짓 아닌가? 우리들 전원이 완전히 하나다, 하는 식으로 했어야 하는 건데. 그랬더라면 감독도 구축함에 무전을 치진 못했을 거야. 설마, 우리 전원을 넘겨버리는 짓은 못할 테니까 말야. 작업을 못하니까."

"그러게 말야."

"맞아. 이번에야말로 이대로 일하다가는 우리들 진짜 죽을 거야. 희생자를 만들지 않도록 전원이 함께 태업을 하자고. 지난번과 마찬가지로. 말더듬이가 그랬잖아? 무엇보다 힘을 모아야 한다고. 그리고 힘을 모으면 어떤 일을 할 수 있는가, 하는 것도 다들 알고 있을 것이고."

"그런데 만약 구축함을 부른다면, 모두—이때야말로 힘을 합쳐서, 한 사람도 남김없이 함께 끌려가자고! 그편이 오히려 유리해!"

"그럴지도 몰라. 생각해보면, 일단 그렇게 되면 감독이 제일 당황할 거야, 회사한테 체면이 있으니. 대체인력을 하꼬다떼에서 데려오기엔 너무 늦고, 어획량도 턱없이 줄어들고…… 제대로만 하면 이번엔 의외로 괜찮을 거야."

"문제없어. 게다가 신기하게도 어느 누구도 쫄지 않잖아. 다들 '젠장! 건들기만 해라!' 하고 있어."

"솔직히 말하자면, 그런 앞날의 승산 따위는 아무래도 좋아. —사느냐, 죽느냐 하는 거니까."

"그래, 한번 더!"

그리하여, 그들은, 떨치고 일어났다. —다시 한번!

부기

그후의 일에 관하여 두세가지 덧붙여두기로 하자.

가. 두번째의 완전한 '태업'은 쉽사리 성공했다는 사실. '설마' 하고 있다가 허를 찔린 감독은 정신없이 무전실로 달려갔으나 문 앞에서 우두망찰 서버렸다는 것. 어쩌면 좋을지 알 수가 없어서.

나. 고기잡이철이 끝나 하꼬다떼로 귀항해보니 '태업'이나 파업을 한 배가 핫꼬오마루만이 아니었다는 사실. 두세척의 배에서 '적화선전' 팸플릿이 나왔다고.

다. 그리고 감독이나 잡부장 등이 고기잡이철에 파업 같은 불상사를 일으키게 함으로써 작업량에 악영향을 끼쳤다는 이유로, 회사 측이 그 충실한 개들을 '무자비하게도' 땡전 한푼 주지 않고 (어부들보다 더 비참하게!) 잘라버렸다는 사실. 재미있는 것은 "아—
아, 억울하다! 나는 지금까지, 빌어먹을, 속고 있었던 거야!" 하고
감독이 소리쳤다는 것.

　라. 그리고, '조직' '투쟁'—처음으로 알게 된 위대한 경험을 지
니고, 어부와 젊은 잡부 들이 경찰서 문을 나서면서 곧장 여러 노
동의 장으로 제각기 걸어들어갔다는 사실.

　—이 작품은 '식민지에서의 자본주의 침략사'의 한 페이지다.

1929. 3. 30.

부록

　여기 수록한 두편의 글은 근래 일본에서 재발간된 몇 종류의
『게 가공선』중 킨요오비(金曜日) 출판사에서 2008년에 낸 판본에
수록된 것이다. 일본에서는『게 가공선』이 출간된 지 팔십년이 지
나 다시 베스트셀러에 오르며 2008년 한해에만 오십만부 넘게 팔
리는 기현상을 보였다. 이러한 현상을 두고 불안한 경제 상황, 불안
정 노동에 내몰린 젊은이들, 격차사회의 심화 등으로 인해 시간을
뛰어넘어 오늘날 독자들의 열렬한 공감을 끌어낸 것이라고들 한
다. 다음 두편의 글이 이처럼『게 가공선』에 열광할 수밖에 없었던
일본 사회의 현실과 이 작품이 가진 다양한 의미를 일본인의 눈을
통해 좀더 생생히 전하는 데 도움이 되었으면 하는 마음으로 소개

한다.

 일본 젊은 세대의 상징적 인물로 프리터 출신의 반(反)빈곤운동
가인 아마미야 카린의 글은 오늘날 일본 젊은이들이 처한 혹독한
현실과 오늘날 『게 가공선』에 열광하는 일본 젊은이들의 심경을
잘 보여줄 것이다. 또, 일본의 원로 평론가 노자끼 로꾸스께는 세심
하고 깊이있는 작품 독해와 더불어, 1960년대 좌익 학생운동을 경
험하고 고도성장기를 누린 세대의 시각에서 『게 가공선』 붐에 대
한 복잡하고 착잡한 소회를 밝히고 있다. 두 글은 전혀 다른 일본
을 경험한 두 세대가 21세기의 『게 가공선』을 대하는 시각을 나란
히 보여주고 있는데, '우리의 이야기'로 이 작품을 만날 한국 독자
들 역시 공감하는 바가 클 것이다.

아마미야 카린(雨宮処凜)

 1975년 홋까이도오 출생. 작가이자 사회운동가로 일본 젊은 세
대의 표상으로 주목받고 있다. 한살 때부터 시작된 아토피성 피부
염으로 중고등학교 시절에는 심각한 '이지메'(집단 따돌림)에 시달
려 자살을 시도하기도 했다. 자신의 개인적 고통을 응시하며 자연
스럽게 일본 사회의 문제에 대해 고민하기 시작했으며, 처음에는
'미니스커트 우익'이라 불리며 우익 록밴드에서 활약하기도 했다.
그러나 천황제나 기성질서를 무조건 따를 뿐 의문시하지 않는 것
에 대한 불만과, 헌법 전문을 읽은 것이 계기가 되어 좌익으로 '전

향'한 특이한 경력의 소유자이다. 어쩌면 카린은 이런 식의 이념 구분과는 상관없이, 다만 신자유주의가 빚어놓은 일본의 현재에 온몸으로 저항하고 있는 것인지도 모른다.

노자끼 로꾸스께(野崎六助)

1947년 토오꾜오 출생의 작가 겸 평론가이다. 고교 졸업 후 십여 가지 직업을 전전했다. 현재는 추리소설을 쓰면서 와세다 대학 문학부에 출강하고 있다. 무게 잡지 않고 형식에 얽매이지 않는 자유로운 삶의 방식과 작품으로 세대를 뛰어넘어 젊은이들과 교감하는 초로의 작가 노자끼는 거침없는 입담과 생동감 넘치는 글로 자신의 세대가 느끼는 안타까움과 울분을 대변하고 있다.

현대에 되살아난 『게 가공선』의 절규

아마미야 카린

'게 가공선'이네?

"그거 '게 가공선'이네."

2008년 5월 2일, 기후 현에서 있었던 독립계 노조[1]의 노동절 행사, '자유롭게 멋대로 메이데이'에서 그런 말을 들었다. "그거 『게 가공선』에나 나올 얘기 같은데?" 하는 의미다. 모인 것은 프리터, 정규직 사원, 대학생, PC방 점원 등 이십대를 중심으로 열댓명. '그래도 메이데이니까'라면서 자기소개를 겸해 각자의 일터 이야기를

---

1 기존 노동조합에 속하지 않은 프리터, 파견직 등을 중심으로 하는 노동조합.

한다. 그러던 중 앞서 말한 추임새가 끼어든 것이다.

유감스럽게도 곤드레만드레 취해 있었던 까닭에 어떤 이야기가 '게 가공선' 소리를 들었는지는 기억에 없다. 하지만 그때 사람들은 정규직 노동자의 장시간 노동이나 일용직 파견의 열악한 노동조건 등 온갖 현장의 적나라한 실태를 이야기하던 중이었다.

'게 가공선이네'라는 말이 널리 통하며, 21세기를 살고 있는 '프레카리아트'[2]에게 '우리 이야기'로 읽히고 있다는 현실. 코바야시 타끼지도 깜짝 놀랄 일이다. 도대체 언제부터 『게 가공선』은 '우리 이야기'가 된 것일까?

가진 돈이라곤 몇십 엔뿐인 젊은이들

2006년 봄, 기후 현에서 삼십대 남성이 PC방에서 체포당하는 사건이 있었다. 지닌 돈은 겨우 20엔. 그는 PC방에 한달쯤 머물렀는데 밀린 사용료를 내지 못해 체포되었다.

그 무렵부터 이런 뉴스를 간간이 접하게 되었다. 체포당하는 것은 이삼십대. 지닌 돈은 몇십 엔. 아직 'PC방 난민'이라는 용어도 없고 그런 젊은이들이 이 나라에 일정하게 존재하고 있다는 사실

---

2 '불안정한'(precarious)과 '프롤레타리아트'(proletariat)를 합친 조어. 프리터, 파견직 등 불안정 노동을 강요당하는 노동자들로, 무늬만 관리직인 정규직 사원이나 실업자도 포함된다.

이 가시화되기 전이었다. 하지만 감이 왔다. 이것은 '프리터의 홈리스화'가 아닐까? 열아홉살부터 스물네살까지 프리터였던 나는 이 뉴스를 보고 '최악의 예상'이 들어맞았음을 알고 기가 막혔다.

최악의 예상, 즉 '언젠가는 내가 홈리스가 되어버리는 것 아닐까' 하는 생각 말이다. 프리터 시절 나의 시급은 800엔에서 1000엔 정도. 온종일 일해도 집세와 광열비, 식비나 각종 보험료를 내기가 너무 힘들었고 언제나 부모에게 징징거렸다. 그런 생활이 스물네살까지 이어졌다. 어느날 생각했다. 지금은 부모가 아직 건강하게 일을 하고 있으니 망정이지, 돌아가시거나 일을 못하게 되어버린다면 난 어떻게 될까?

비슷한 처지의 친구들과 이런 이야기를 나누었다. 결론은 한결같이 '우리는 장래에 홈리스가 될 거야'였다. 시절은 취직 빙하기라 불리는 불황의 한가운데였고, 세상에는 해고의 바람이 스산하게 휘몰아치고 있었다.

그로부터 십여년. 나는 스물다섯살에 가까스로 프리터를 탈출하여 글 쓰는 직업을 얻었다. 하지만 그것은 믿을 수 없을 정도로 우연이 중첩된 결과다. 만약 그대로 프리터를 계속하고 있었다면?

전국의 PC방에서 체포당하는 주머닛돈 10엔의 젊은이들은 분명, 지난날 내 일상의 연장선상에 존재하는 것이다.

그 전해인 2005년, NHK에서 「프리터 표류」라는 프로그램이 방영되어 커다란 반향을 일으켰다. 제조업 현장에서 정사원이 아닌 하청으로 일하는 젊은이들의 처참한 나날을 그린 이 방송은 그때까지 '자유롭게 일하는 생활'이라는 '프리터'의 이미지를 밑바닥부터 뒤집어놓았다.

너무나 낮은 시급. '고용조정 역할'이라는 처지에 놓여 생산조정에 휘둘리다가 어느 순간 가차없이 일자리를 잃어버리는 불안정한 나날. 사는 곳은 하청회사 기숙사. 몸이 안 좋아서 쉬었다간 그만큼 시급이 몽땅 깎여버려 10만 엔도 채 안되는 월급에 어깨를 떨구는 프리터. 정규직이 되는 길 같은 건 없고, 그저 오로지 쓰이고 버려져 전국 각지의 공장을 떠돌아다닌다. 그런 프리터가 전국에 백만명. 아침마다 기숙사에서 공장으로 버스에 실려 가는 그들의 모습은 조금 심하게 말하자면 '노예'를 방불케 하는 것이었다.

도대체 우리 주변에 무슨 일이 일어난 걸까?

2006년 여름. 프리터 젊은이들과 신주꾸의 싸구려 술집에서 한잔하면서 『자동차 절망공장(自動車絶望工場)』[3] 이야기가 나왔다. 어떤 프리터 젊은이는 말했다. "그건 지금의 공장 파견 같은 것보다 훨씬 나아요! 완전 좋다고요!" "맞아, 맞아, 직접고용으로 갈 수도 있잖아요!" "그거, 지금 읽으면 엄청 부러운걸요!"

실제로 읽어보면, 처음엔 노동강도나 쓰이고 버려지는 노동자에 대한 묘사에 계속 기겁하게 된다. 하지만 책을 읽는 동안 제조업 파견이나 하청으로 일하는 젊은이들의 취재를 하다보니 점차 『자동차 절망공장』이 그리 비참한 이야기가 아닌 듯 여겨졌다. 1970

---

3 저자인 카마따 사또시(鎌田慧)가 직접 토요따 자동차공장의 계절노동자로 컨베이어벨트 시스템 노동의 가혹함을 체험하고 쓴 르뽀르따주. 1973년에 출간.

년대, 경제성장시대 사람들에게 충격을 주었던 르뽀르따주는 21세기 들어 더이상 비참한 이야기가 아니게 되어버린 것이다.

예를 들어 토오호꾸 지역 출신인 이십대 A는, 대학 졸업과 동시에 학자금 대출 상환에 쫓겨 제조 파견·하청 대기업인 닛껜소오고오라는 회사에 등록을 했다. 지정된 날 짐을 들고 회사로 갔더니 신깐센 차표를 건네주어 그길로 곧장 군마행. 군마 역에는 커다란 짐 보따리를 든 프리터들이 잔뜩 있었고 그들은 그대로 차에 실려 트레이닝 쎈터로 갔다. 이박 삼일 연수를 받고, (그 사흘간의 급여는 8000엔) 그것이 끝나자 다들 전국의 공장으로 흩어졌다. 그는 사이따마의 캐논 공장으로 보내져 거기서 시급 1050엔에 PC 프린터의 잉크 카트리지 뚜껑 덮는 일을 했다. 들고 간 이력서는 쓸모가 없었다. 트레이닝 쎈터에 함께 있던 사람 중에는 수중에 1엔도 없는 사람도, 전날 아침까지 일하다 온 사람도 있었다고 한다.

닛껜소오고오의 구인지에는 '평균 27만 엔'이라고 적혀 있었다. 하지만 실제로는 급여에서 기숙사비 (방 세개와 작은 부엌과 거실이 있는 임대아파트. 낯선 사람 셋이 함께 지낸다) 3만 3000엔, 광열비 월 3300엔이 빠지고, 손에 쥔 것은 12, 13만 엔. 작업복도 자비로 사야 했다. A는 그렇진 않았지만, 텔레비전이나 이불, 코따쓰에까지 일일이 월 500엔가량의 '대여료'가 붙기도 한단다. 또, 파견회사 직원은 아무 때나 마스터키를 써서 마음대로 기숙사 방에 들어온다. 그러고는 '도망친 놈이 없는지 체크하러 왔다'고 태연히 말한다고 한다.

병원에 가고 싶으니 사회보험에 들게 해달라고 부탁해도 파견 회사 직원은 딴청을 부리기 일쑤. 삼개월 이내에 그만두는 경우엔 왕복 신깐센 요금을 물어내야 한다는 말을 들은 까닭에 그만두고 싶어도 그러지 못한다. 보너스 지급일, 정사원들은 들뜬 발걸음으로 따로 사무실로 불려간다. 공장의 사원식당에서 가장 싼 메뉴는 라면, 우동, 국수로 350엔. 하지만 '너무 비싸서' 먹을 수 없으니 밥을 들고 가서 식당 단무지와 생강절임을 얻어먹는다. A의 동료 중에는 '파견 주제에 결혼했다'는 소리를 들을까봐 결혼 사실을 숨기는 남자도 있다. 아내의 배 속에는 아기가 있다. 10만 엔 남짓한 월급으로 이제부터 처자식을 부양해야 하는 그는 '정규직이 되고 싶다. 이런 식으로 일하는 건 정상이 아니다' 하고 중얼거린다.

어느날, A는 기계에 손가락이 끼어 퉁퉁 부어올랐다. 하지만 의무실에서 반창고를 붙이고는 금세 작업장으로 돌아와야 했다. 직원이 "괜찮아?" 하고 묻기에 반사적으로 "괜찮아요"라고 대답했더니 "그럼, 산재 처리 안할게. 과장 선에서 마무리하자. 다른 사람한테 말하지 마"라는 말을 들었고 아무런 보상도 받지 못했다.

이런 캐논이 그가 근무하던 2007년 '사상최고 이익'을 냈다고 대서특필되었다. 하지만 그 무렵, 닛껜소오고오에서 캐논으로 파견되었던 그들의 시급은 일제히 100엔, 깎였다. 그는 캐논을 떠났다. 먹고살 수가 없었기 때문이다. '착취'라는 단어를 모른다 해도 '뭔가 이상하다'고 생각하는 것이 당연할 것이다.

우리 이야기인 『게 가공선』

자, 그런데 『게 가공선』. 어째서 이 이야기를 우리는 '우리 이야기'라고 여기는 것일까?

이야기는 하꼬다떼에서 시작된다. 토오호꾸 지방 농민이나 홋까이도오의 광부, 하꼬다떼 빈민굴 소년들, 하나같이 극단적인 빈곤에 시달려온 이들이 게 가공선을 탄다. "어이, 지옥으로 가는 거야!"(7면) 하꼬다떼에서 출항하는 이 배는 넉달 동안 깜찻까 바다에서 게를 잡는다. 어두컴컴하고 "정말 돼지우리같이, 속이 금방이라도 뒤집힐 듯한 냄새"(11면)가 나는 배 밑바닥의 널판에서 자고 깨는 나날. 조악한 식사와 한달에 두번밖에 허용되지 않는 목욕. 수십마리 이들이 온몸을 기어다니고, 각기병으로 숨진 이의 주검을 차가운 바다에 내던진다. 게 가공선에서는 '감독'인 아사까와가 노동자들을 폭력으로 지배한다. 일하는 자들끼리 경쟁을 시켜 이기면 상을, 지면 달군 쇠막대기를 들이대고, 때로는 권총으로 위협한다. 미친 듯이, 툭하면 목숨을 잃어가면서 일해야만 하는 가난한 자들.

너무나 '비참'한 노동 현장 묘사로 넘치는 이 이야기에는 21세기를 사는 젊은이들의 일상과 기묘하게 부합되는 장면들이 잔뜩 나온다.

우선 '게 가공선'이라는 배 그 자체.

게 가공선은 '공장선'이지 '항해선'이 아니다. 그래서 항해법은 적용되지 않았다. (…) 더구나 게 가공선은 완전히 '공장'이었다. 하지만 공장법의 적용도 받지 않는다. 그러니 이토록 편하게, 제멋대로 할 수 있는 것도 없었다.(31~32면)

이 부분을 읽었을 때 '위장하청'과 완전히 똑같잖아, 하며 무심결에 웃음을 터트릴 뻔했다.

위장하청이란 사실은 '파견'인데 명목상으로만 '하청'이라 부르는 방식으로, 제조업 분야의 파견 금지 규정이 풀린 2004년까지 일본의 모든 제조업체에서 이 수법이 사용되고 있었고 제조 파견 허용 조치 이후로도 계속되고 있다. 원래 '하청'이란 문자 그대로 업무의 일부를 하청받는 것. 지시, 명령을 하는 것은 하청회사. 그러나 위장하청의 경우 파견된 기업으로부터 직접 지시, 명령을 받는다.

어째서 일본 제조업에 위장하청이 만연했을까? 그것은 파견보다 하청 쪽이 노동비용이 싸고, 감독관청이 없으며, 노동자파견법에도 매이지 않아 자유로이 자를 수 있기 때문이다. 특히 제조 파견의 경우 삼년 지나면 직접고용 의무가 생기지만, 하청은 몇년을 써도 고용 의무가 없고 안전에 관해서도 책임 소재가 모호하다. 그러니 그야말로 '이토록 편하게, 제멋대로 할 수 있는 것도 없었'던 것이다.

그 결과, 이런 현장에서는 심각한 산재와 과로사, 과로 자살"이 일어나고 있다. 2004년 9월에는 히따찌 사(社) 제작소에서 발전기

사고가 일어나 38세 남성이 중화상으로 사망. 2004년 6월에는 야 끼쓰 냉동에서 무면허로 지게차를 운전하던 24세 남성이 화물에 깔려 사망. 위장하청은 1990년대부터 만연해 있었다. 1999년에는 넥스타라는 하청회사를 통해 니콘에 보내진 23세 남성이 주야 이 교대 근무와 장시간 노동으로 우울증이 발병하여 과로 자살. (현재 토오꾜오 고등법원에서 재판 중.) 그 일년 후에는 같은 하청회사에 서 니콘에 보내진 26세 남성이 허혈성 심장질환으로 사망했다. 또 한 2003년에는 다이와 제관(製罐)에 보내진 22세 남성이 발판에서 굴러떨어져 삼개월간 의식불명이었다가 사망했다. 이 사건 역시 재판이 열려 판결에서 사실상 위장하청이었음을 인정받았고 파견 업체의 책임도 인정되었다.

파견이든 하청이든, 노동력을 '상품'으로 대기업이라는 '단골손 님'에게 제공하는 것이기 때문에 일하는 사람의 건강이나 안전을 고려하는 일은 없다. 그리하여 '법률의 구멍'에 빠지듯이, 어디서 도 보호받지 못하는 노동자들이 양산되고 있는 것이다. 2004년을 기준으로 제조업에서만 하청으로 일하는 사람이 팔십만명 이상이 라고 한다.

문제가 이러하건만 캐논, 히따찌, 마쓰시따, 토시바, 후지 중공 업, 토요따, 이스즈, 코마쓰 등 일본을 대표하는 대기업에 위장하청

----

4 장시간 노동으로 인해 정신적, 육체적으로 버틸 수 없는 상태가 되어 자살하는 것. 일본에서는 일부나마 업무상 재해로 인정하고 있으며, 그 수가 급증하는 추 세여서 심각한 사회문제로 대두되고 있다.

이 만연해 있다는 사실이 2006년에 대대적으로 보도되었다. 그들 대기업의 말단에서 무권리 상태로 프리터들이 혹사당하고 있는 실태를 접하고 나면 경영자의 도덕관을 의심하게 된다. 하지만 캐논의 회장이며 경제단체연합회 회장이기도 한 미따라이 후지오(御手洗冨士夫)는 뻔뻔스럽게도 '위장하청을 합법화하라'는 요구를 하고 있다. 이런 점을 보면 그야말로 『게 가공선』의 한 구절, "노동자가 북오호쯔끄의 바다에서 죽는다 한들, 토오꾜오 본사 빌딩에 있는 회사 중역에게는 별일 아니"(31면)라는 것이리라.

난민이 되는 젊은이들

둘째, '가난한 이들을 모아, 한곳에 몰아넣고, 일을 시킨다'는 공통점이 있다.

이런 것도 현재 제조 파견·하청과 똑같은 구조다.

파견·하청회사는 전국에 많은 영업소를 가지고 있지만 그것들이 가장 난립하는 것은 홋까이도오, 토오호꾸 지역, 오끼나와이다. 왜 그럴까? 이들 지역은 최저임금이 낮고 청년실업률이 높기 때문이다.

한번은 홋까이도오의 젊은이가 메일로 '홋까이도오는 파견회사의 밥'이라고 써보낸 적이 있었다. 친구들이 몇명이나 혼슈우로 파견되어 일을 하러 갔다고 한다. 이유는 '고향에 일거리가 없으니까'. 있어봤자 풀타임으로 한달 10만 엔 이하. 심한 경우에는 정사원이라도 10만 엔이 안된다. 당연한 이야기. 전국에서 가장 낮은 최저시급이 618엔. 이래서는 하루 여덟시간, 주 오일을 일한다 해도 11만 엔에 못 미친다. 그런 지역에서 파견·하청회사들이 구인지를 뿌려댄다. 지금 내 옆에 있는 올해 구인지를 인용해보자.

'아이찌 현 및 시가 현 인기 자동차 제조 근무 이교대 월수입 30만 3000엔' '오오사끼 시 전자부품 조립 검사 월수입 25만 엔' '이찌노세끼 시 기계 오퍼레이터 보조 월수입 23만 4000엔 이상 가능'. 파견·하청회사의 구인지다. 더구나 '면접'은 헬로워크[5]에서 행해진다. (구인 광고에 면접 장소가 헬로워크라고 명시돼 있다.) 10만 엔 정도밖에 벌지 못하는 지방의 젊은이들은 월수입에 혹하는 데다 면접 장소도 헬로워크이니 어쩐지 믿을 만한 회사인 것 같아 응모한다. 하지만 현실은 앞서 쓴 캐논 파견직 젊은이와 같은 처지다. 기숙사비나 광열비, 각종 대여료 등을 뜯기고 손에 남는 것은 기껏해야 십몇만 엔. 게다가 이삼개월 만에 계약이 종료되는 일이 흔해빠졌다. 느닷없이 '이제 사흘이면 끝나니까 사흘 내로 기숙사에서 나가라' 하는 소리를 듣는 것이다. 심지어 '삼개월 이내에 그만두면 왕복 교통비는 자비 부담'이라는 파견회사도 있다. 이개월 정도로 계약이 끝나면 남는 돈이 없다. 더구나 얼마 안되는 주머닛돈은 왕복 교통비로 사라져버리게 될 것이다. 홋까이도오에서 아

5 일본 정부에서 운영하는 공공 직업소개소. 전국에 사무소를 두고 취업 상담 서비스 등을 제공하고 있다.

이찌 등에 갔다면 교통비는 6만 엔 이상. 또, 악질적인 파견회사의 경우 '삼개월 이내에 그만두면 기숙사 청소비 1만 5000엔'이라는 등 정체불명의 규정도 있다. 이렇게 하여 돈을 전혀 모으지 못하거나 오히려 더 잃어버리고 울면서 고향으로 돌아온다. 돌아올 돈도 없는 경우엔 그곳에서 PC방 생활을 하는 수밖에 없다. 어디가 어딘지 모르고 아는 사람도 없는 낯선 곳에서 갑자기 일자리와 거처를 잃은 젊은이는 그런 식으로 '난민'이 되어간다.

이렇게 하여 전국 각지 공장에서는 토오호꾸 지역과 홋까이도오, 오끼나와 등지에서 온 젊은이들이 자동차나 휴대전화, 플라즈마 티브이, 디지털카메라를 만들고 있다. 물론 다른 출신지 젊은이도 많지만 그 광경은 한때 농촌에서 타관으로 돈 벌러 나왔던 이들과 다를 바가 없어 보인다. 낯선 이들과 나눠 쓰는 방 세개짜리 아파트는 밖에서 자물쇠가 채워지진 않지만 관리라는 명분으로 파견회사 직원이 아무 때나 들이닥친다. 방에 붙어 있는 세탁기와 냉장고, 텔레비전, 코따쓰에는 일일이 '대여료'가 붙는다. 『자동차 절망 공장』의 저자인 카마따 사또시는 그런 상황을 알고는 "옛날 폭력 함바[6]에서도 텔레비전은 공짜였다"는 명언을 남겼다. 정규직 사원이 장기휴가를 즐기는 1월, 5월, 8월엔 시급제 파견직의 월수입은 10만 엔이 안된다. 고향에 돌아갈 돈도 없는 그들은 굿윌이나 풀캐스트 같은 일용직 파견업체로 일하러 가고 거기서 또 '삥을 뜯

---

6 토목 공사장이나 광산 등 주로 육체노동을 하는 현장의 노동자 합숙소.

긴다'.

일본 곳곳에 위치한 대형 공장들과 그 주변에 들어선 파견회사
가 임대한 싸구려 아파트들, 그리고 그곳을 점점이 둘러싼 백엔숍
과 파찐꼬 가게, 대부업체 들. 이 제한된 구역들은 지상에 존재하는
21세기의 '게 가공선'이 아닐까?

노동자 착취의 실태

『게 가공선』에는 '토오꾜오의 학생 출신'이 '이럴 수는 없어'라
고 중얼거리는 장면이 있다. 뭐가 '이럴 수 없'다는 것일까? 바로
'빚' 이야기다.

> 학생은 열일고여덟명이 와 있었다. 60엔을 가불해서 기찻삯, 숙박
> 비, 담요, 이불, 그리고 소개비를 물고 나니 배에 도착했을 때는 한 사
> 람당 7, 8엔의 빚(!)을 지고 있었다.(35면)

이 언저리에서, 여기까지 읽어온 당신은 이 '기묘한 들어맞음'
에 탄식함과 동시에 아무것도 변하지 않은 이 시대를 통감할 것이
다. 돈을 벌어도 벌어도 결국은 '빈털터리'가 되는 구조. 그것을 가
장 노골적인 형태로 보여주는 예가 '프리터를 위한 여인숙·함바'
라 불리는 '레스트박스'를 운영하는 '엠·크루'라는 회사다.

토오꾜오 도내에 사는 사람이라면 '프리터에게 복음!'이라고
쓰인 간판을 본 적이 있을지도 모른다. '프리터 환영'을 내건 레스
트박스는 일박 1500엔 정도에 묵을 수 있는데, 이단 침대가 늘어
서 있고 샤워기와 세탁기 등도 있다. 레스트박스에 묵기 위해서는
엠·크루에서 등록제 일을 해야만 한다. 엠·크루 사장은 자기가 원
래 홈리스였다는 사실을 내세우는데, 자신의 경험에서 프리터를
타깃으로 삼는 이런 비즈니스를 생각해낸 것이리라.

얼핏 보면 머물 곳 없는 프리터에게 '지극정성'을 들이는 것처
럼 보이겠지만 실태는 어떨까. 실제로 그곳을 통해 일하면서 레스
트박스를 이용했던 유아사 마꼬또(湯淺誠)의 2007년 저서 『빈곤의
습격(貧困襲來)』에서 인용해보자.

일은 등록제 아르바이트 노동으로 일급은 여덟시간에 7700엔. 거
기서 '안전협력비'로 300엔, '복리후생비'(휴게실 이용권 등)라는 명
목으로 200엔을 빼면 7200엔. 교통비 1000엔이 포함되어 있으니 실
제로는 더욱 떨어져 6200엔. 날짜별 계산인 '레스트박스 데일리'는
일박 1880엔이니 손에 남는 것은 4320엔. 첫날은 거기서 작업복 사용
료 2800엔을 내고, 보증금 1000엔을 납부한다. 남은 돈 520엔. 작업복
을 반납하면 1000엔은 돌아오지만 사용료는 돌아오지 않는다. 그리
고 '면장갑, 커터, 스니커즈 등'과 '필기용구, 지도'는 자기 부담으로
준비하라고 쓰여 있다. 식비는 당연히 자기 부담이니 적어도 첫날은
아무리 생각해도 적자다.

무심결에 그거 '게 가공선'이네, 하고 소리치고 싶어지게 만드는 현장의 실상은 바로 이런 것이다.

게다가 이 엠·크루, 건설 현장에 파견을 보내는 등 위법행위를 반복했는데 알고 보니 파견사업 등록조차 하지 않았음이 발각되었다. 엠·크루 사장은 한동안 '길 위의 사장'이라는 등 매스컴에서 엄청난 스타가 되기도 했었으니 그에게 힘을 실어준 매스컴도 깊이 반성해야 할 것이다.

더 노골적인 방식도 있다. 바로 노동자에게 빚을 지도록 만드는 것이다. 파견직 노동조합에서 낸 『일용 파견―굿윌, 풀캐스트에서 일하다(日雇い派遣―グッドウィル、フルキャストで働く)』에는 풀캐스트의 내근사원(일용직 스태프를 '수배'하는 직원)의 인터뷰가 실려 있다. 풀캐스트에서 일하려면 등록해야 하지만 신분증명서과 휴대전화만 있으면 누구나 언제든 등록할 수 있다. 그뿐만이 아니다. 다음은 인터뷰 인용이다.

등록되면 취업규정 등이 기록된 '풀캐스트 패스포트'가 건네지고 '풀캐스트 스태프 멤버십카드'가 발행됩니다. 이 카드가 문제죠. 풀캐스트 파이낸스에서 돈을 빌릴 수 있게 되는 거거든요. 요컨대 등록하면 자동적으로 사금융 카드가 만들어지는 거죠.

풀캐스트 패스포트에는 '스태프를 위한 융자 시스템' 'ID카드에는 복리후생의 일환으로 급한 필요자금에 대응하는 융자 시스템이 탑재

되어 있습니다'라는 안내가 붙어 있다. 낮은 임금에 더구나 중노동을 시켜놓고 사채 안내까지 하다니 '대체 얼마나 착취하려는 거야!' 하는 느낌이죠.

일용 파견으로 일해도 매여 있는 시간은 엄청나게 길고 (열시간 이상은 흔하다) 받을 수 있는 임금은 6000~7000엔 정도. 파견회사가 받는 마진은 30~50퍼센트라고 한다. '아무나 할 수 있는 일'이라고 여기기 쉬운 일용 파견이지만 대부분은 가혹한 육체노동인데다 안전교육이고 뭐고 없다보니 사고가 그치지 않는다. 또한 석면이 날아다녀도 파견직들에겐 마스크도 주지 않고 작업을 시키는 경우도 많다고 한다. 그 와중에 올가미라도 놓듯 고리대금의 먹잇감이 되는 미래까지 준비되어 있다. 아무리 그래도 '사채'가 복리후생일 줄이야, 미처 몰랐다.

'경쟁'과 '기합'에 의한 지배

공통점은 또 있다.
'경쟁'과 '상', 그리고 '기합'이다.

감독과 잡부장은 일부러 '선원'과 '어부, 잡부' 사이에 작업 경쟁을 부추겼다.

함께 게를 으깨면서도 '선원들에게 지면'(자기 돈벌이가 아님에도 불구하고) 어부나 잡부는 '뭐야, 제기랄!' 하는 기분이 된다. 감독은 '손뼉을 치며' 기뻐했다. 오늘은 이겼다, 오늘은 졌다, 이번에야말로 질까보냐—피 튀기는 듯한 나날이 무참히 이어졌다. 같은 기간 동안, 지금까지보다 오륙할이나 작업량이 증가했다.(56면)

감독은 이긴 자에게는 상을, 진 자에게는 기합을 주겠다고 선언한다.

남과 경쟁을 시킨다. 더구나 '상'과 '벌'을 손에 들고 흔들어가며. 사람을 부리기에 이렇게 편리한 방법도 없을 것이다.

『무늬만 관리직—맥도날드화하는 노동(肩書だけの管理職—マクドナルド化する労働)』에는 남성복 업체인 코나까의 처절한 목표량 전쟁이 묘사되어 있다. 첫째도 둘째도 무조건 목표 달성. 목표액에 도달하지 못하면 계산대를 닫는 것이 허용되지 않는다. 마지막 필살기는 '점장의 자가 구입'이다.

점장 후보자의 실무 연수에서는 매상 목표에 도달하지 못하면 욕지거리를 퍼붓고, 쥐어박고, 운이 나쁘면 무릎을 깐다. 또, 대형 사금융업체인 타께후지에서는 대출 잔액과 미납금 회수 목표액을 채우지 못하면 모두가 보는 앞에서 사죄하도록 하거나, 무릎을 꿇린 다음 헬멧을 씌워놓고 구타하는 폭행이 횡행하고 있었다.

그런데 '경쟁'과 '기합'이라는 점에서는 너무나 비슷하지만, 게 가공선에는 있으나 현대엔 없는 것은 '상'이다. 게 가공선에서는 가장 많이 일한 자에게 '상품'을 주었다. 그러나 현대의 '승자'에게 주어지는 '상'은 그저 '이 지옥 같은 직장에서 계속해서 일할 수 있다는 것'뿐이다. 더구나 물론, 영원히 보장되는 것도 아니다. 게다가 '업무 능력'을 인정받으면 관리직으로 향하는 길이 열리겠지만 실은 잔업 수당은 전부 날아가고 잔업 시간만 무제한인 '이름만 관리직'이라는 새로운 지옥일 뿐이다. 2008년 5월, 편의점 체인 SHOP99의 점장인 28세의 남성이 잔업 수당 등을 요구하며 회사를 고소했는데, 그는 입사 구개월 만에 점장이 되어 여든네시간 연속 근무 등 장시간 노동을 강요당하고 있었다. '이름만 관리직'이 되는 순간 잔업 수당이 사라졌고 그의 임금은 8만 엔에도 미치지 못했다고 한다.

뿔뿔이 흩어져 표류하게 만든다

우리가 지금도 '게 가공선'에 타고 있다는 사실을 깨달으셨으리라 생각한다.

그 게 가공선은 21세기형으로 조금은 '세련'되고 더구나 게 가공선이라는 사실은 교묘하게 감춰져 있다. 자신의 '자유로운 의지'로 '좋아서' 타고 있다고 믿는다는 것도 특징이다. 용역회사는 '편한 시간에 일할 수 있습니다' 따위의 선전문구를 늘어놓는, 서양식 이름의 파견회사로 둔갑했으니 아사까와 감독처럼 알기 쉽게 폭력으로 지배하는 자는 겉으로 드러나지 않는다. 악취로 가득한 배 밑 창은 PC방 개인실로 모습을 바꿔 한 사람 한 사람을 분석하고 있 다. 용역회사의 연락은 휴대전화 액정화면으로 오고 노동은 하루 단위로 잘게 나뉘며 날마다 낯선 현장에서 한번 보고 그만인 사람 과 일을 한다. 그 속에서 젊은이들은 바닥 모를 고독감에 병들어간 다.

다음은 이십대 남성이 나에게 보내온 메일의 한 구절이다.

　나는 집세 체납 50만 엔, 부모는 빚 때문에 도주 중인 듯. 휴대전화 는 요금 체납으로 불통. 샤워도 목욕도 4주간 못했음. 남은 돈은 1000 엔쯤. 지금 PC방. 슬슬 한계에 와버렸습니다. 뉴스에 나올 것 같군요.

자신의 몸에서 나는 냄새를 신경 써가며 빈궁함을 들키지 않도 록 PC방 칸막이 안에서 남은 시간과 잔액에 마음 졸이며 전혀 '낯 선' 글쟁이인 나에게 메일을 보내준 그의 너무나 깊은 고독감을 생 각하면 가슴이 먹먹해진다. 휴대전화가 끊겼으니 일용직 노동조차 할 수가 없다. 그리고 가진 돈은 1000엔. 나는 그에게 빈곤계층의 자활을 지원하는 시민단체인 '모야이'를 소개했다. 그에게서 "알 겠어요. 그렇게 할게. 고마워"라고만 적힌 메일이 왔다. 그후 어떻 게 되었는지는 모른다.

우리는 너무나 뿔뿔이 흩어져 표류하고 있다.

되살아나는 『게 가공선』의 절규

그러니 게 가공선에서와 같은 '단결'은 불가능하다고 생각하고 있었다.

하지만 마침내 그 일이 시작되었다.

굿월, 풀캐스트, 엠·크루 등 워킹 푸어의 온상인 일용직 용역회사에서 잇달아 노동조합이 결성되고 전국적으로 '프리터든 누구든 혼자라도 들어올 수 있는' 독립계 노조가 차례로 탄생하고 있다. 제조업 파견직으로 일하는 젊은이들 사이에서는 '가텐계[7] 연대'가 결성되어 기숙사비 1만 엔 인하라든가 시급 인상, 그리고 1월, 5월, 8월의 '연휴수당 3만 엔 지급' 등이 실현되었다. 2008년 4월에는 마쓰시따 플라즈마에서 일하면서 위장하청을 고발한 남성이 재판에서 전면 승소, 맥도날드의 '이름만 관리직'인 점장의 재판도 승소했으며 굿월 노조에서는 '데이터 장비 비용' 200엔의 반환을 요구하는 집단소송도 시작되고 있다.

분리되고 경쟁을 강요당하며, 권리를 주장하면 호통을 당하고 해고당해온 젊은이들, 그리고 불안 속에서 하루하루를 사는 사람들이 게 가공선의 노동자처럼 떨쳐 일어서기 시작한 것이다.

나는 그것을 '노동/생존운동'이라고 부른다.

----

7 구인 잡지 『가텐(ガテン)』에서 비롯된 말로, 토목·건설·운전 등 주로 육체노동 업종에 종사하는 노동자를 말한다.

2008년에는 그런 젊은이들을 중심으로 전국 열네 곳에서 '독립계 메이데이'가 개최되었다. 우리의 메이데이는 해외와도 연대하여 유럽의 유로 메이데이에도 두 사람이 '파견'되었다. 눈에 보이는 것만이 아니다. '니트족'[8]이라고 불리는 팔십오만명의 젊은이들이 게 가공선의 노동자들이 '파업'을 시작했던 것처럼 조용히 노동으로부터 도망쳤고, 히끼꼬모리(은둔형 외톨이)라고 불리는 백만명이 노동을 거부한 채 틀어박혀 있다. 어쩌면 그런 것일지도 모른다는 이야기다.

그런 나날 가운데 우리 주변의 젊은이들은 한때 '구축함'에 열광하기도 했었다. 게 가공선 속 노동자들이 파업으로 떨쳐 일어났을 때 난바다에 나타났던 구축함. 그들은 아군이 왔다고 환성을 질렀다. 그 광경은 최근 몇년 동안 '우경화'라 불리던 현상과 어쩌면 이렇게 닮아 있는지. 하지만 구축함은 아군 같은 것이 전혀 아니었다. 파업은 탄압당했고 우리는 버려졌다. 2005년의 중의원 총선에 한 가닥 희망을 걸었던 젊은이들은 결국, 기대가 꺾인 정도가 아니라 완전히 발길질로 걷어차이는 꼴을 당했고 삶은 더욱 힘들어졌다.

그리하여 우리는 '전쟁과도 같은' 하루하루의 삶 속에서, 오로지 살아남기 위해 원치 않는 내전을 치러야만 하는 나날 속에서, 『게

---

8 고용 상태에 있지 않으면서, 학생도 아니고, 직업 훈련도 받지 않으며 구직 활동도 하지 않는(NEET, Not in Education, Employment or Trainning) 사람들을 말한다.

가공선』을 재발견한 것이다.

『게 가공선』에 실린 가난한 사람들은 폭풍우 때문에 깜찻까 해안에 조난당했다가 러시아인들에게 구조된다. 거기서 러시아인의 이야기를 듣고 이 세상의 틀과 싸우는 방법을 배운다. 일하지 않는 자가 잘난 체하는 것은 이상하며 일하는 사람이 위대하다. 모두 함께 싸우면 괜찮아, 이긴다. 그런 너무나 '당연'한 사실. 그렇다면 현대의 젊은이들에게는 『게 가공선』이라는 소설 자체가, 그 소설 속의 러시아인에 해당하는 것인지도 모른다.

"살해당하고 싶지 않은 자는 오라!"(104면)

이 절규가 21세기, 불안정한 프롤레타리아들의 '살고 싶다!'라는 고함이 되어 현대에 찬연하게 다시 피어난 것이다.

다시 일어서라, 한번 더

노자끼 로꾸스께

'살해당하고 싶지 않으'니까

코바야시 타끼지가 '살해당하고 싶지 않은 선원 노동자들'을 향해 격문을 쓴 것은 1929년 2월이었다. 증오를, 그는 불러일으켰다. 착취하는 자들을 미워하라,고. 오래지 않아 완성된 『게 가공선』의 클라이맥스에서 한 노동자가 "그래두 어차피 살해당할 거라면" (112면) 하고 푸념하는 부분이 있다. 리더 격인 사람은 "지금 살해당하고 있는 거 아냐? 아주 조금씩 말이야"(112면) 하고 잘라 말한다. 날마다 조금씩 살해당하고 있던 결과로 어느날 갑자기 죽임을 당하는 것이다. 그로부터 겨우 사년 후에, 당시 신문기사에 따르면 다음과 같은 일이 일어났다. "노상을 배회하던 코바야시는 쓰끼지 지서의 경찰에게 체포되었고 도주 생활로 인해 쇠약이 심하여 취조를 견디지 못하고 병원으로 옮겨져 '심장마비'로 사망"했다고. 그의 죽음에 의문을 품은 친구들은 자신들도 검거될 위험을 무릅쓰고, 쓰끼지 지서에 주검을 찾으러 온 코바야시의 어머니를 설득하여 부검을 요구, 사인을 규명하고자 했으나 뜻을 이루지 못했다. 그러나 남아 있는 끔찍한 주검 사진은 고문 사실을 여실히 드러낸다. 주검이 되어 돌아온 아들에게 어머니는 "얘야, 다시 한번 일어서야지, 다들 보는 앞에서 한번 더 일어나라니까" 하며 매달려 통곡했다.

코바야시 타끼지의 죽음을 둘러싼 숱한 이야기들은 마치 작가가 자신의 작품에 묘사했던 한 장면인 듯 생생하다. 그것들은 외부 세계에 속한 것임에도 코바야시 작품 텍스트에 강고하게 내면화되어 있어 텍스트 그 자체로부터 분리하기 어렵다. 코바야시 문학을 평가한다면서 사람들은 자칫 코바야시 전설에 관해 생각해버리는 혼란에 빠지곤 하는 것이다.

현재는 '21세기에 다시 읽히는 『게 가공선』'이라는, 새로운 전설이 만들어지는 중이다. 이 글은 『게 가공선』이라는 텍스트만을 대상으로 삼은 변변찮은 문학적 분석에 한정하려 한다. 물론 글의 성격상 거기에만 한정되진 않겠지만, 나머지는 대략적이고 보조적인 서술에 그치게 될 것이다.

자본주의의 음화(陰畵)

『게 가공선』은 전체적인 비전을 추구한다. 자본주의체제의 본원적인 악과 반(反)인간성을 폭로하겠다는 목표를 추구하는 지극히 관념적인 소설이다. 물론 작가의 신념이 있으니 단지 폭로만으로는 충분치 않았다. 타도의 프로그램이 소설 속에 담겨 있어야 했다. 자본주의는 프롤레타리아트의 생혈을 빨아먹는다. 프롤레타리아트는 자본주의와 공존할 수 없다. 자신들을 옭아맨 쇠사슬을 끊어버리고 '자본주의의 무덤을 파는 자'[1]가 되어야 스스로를 해방할 수 있다. 살해당하기 전에 자본주의를 타도함으로써 '인간성'의 회복을 추구할 수밖에 없는 것이다.

게 가공선이라는 특수한 현장에서 자본주의의 '보편'을 발견한 젊은 코바야시 타끼지의 격렬한 환시력(幻視力). 『게 가공선』은 비전에 관한 소설이며 게 가공선이라는 구체적인 작품의 무대 그 자체가 하나의 추상적 관념, 즉 하나의 상징인 것이다. 대척점에 있는 상징은 노동자들이 머무는 '똥통'이다. 신(神)은 똥통에 있다. 그리고 똥통의 불빛은 단지 어두울 뿐 아니라 항상 '썩은 꽈리'처럼 불길하다. 그들은 똥통에서 잠자고, 똥통에서 출격한다. 생과 사의 아슬아슬한 경계가, 이 배에는 엄연히 있는 것이다.

---

1 『공산당 선언』의 유명한 구절인 "그리하여 부르주아지는 무엇보다 자신의 무덤을 파는 자를 생산하고 있는 것이다"라는 문장을 인용한 표현이다.

코바야시가 그러한 환시에 맞닥뜨리게 된 직접적인 계기는 명백하리라. 하꾸아이마루(博愛丸) 린치 사건에서 윈치에 매달린 노동자. 그가 이 사건을 신문기사를 보고 간접적으로 알았을 뿐이라 하더라도 그의 작품 구상을 훼손하진 않는다. 이러한 사건은, 아니, 사건이 기사 등에 의해 널리 사회에 알려지는 경우는 당시에도 그다지 드문 일은 아니었을 것이다. 무엇이 코바야시로 하여금 철저한 환시를 보게 만든 것일까? 잡은 게를 끌어올리는 윈치에 노동자가, 다시 말해 수확이 없는 빈 윈치에 게 대신에 게보다도 목숨값이 싼 노동자가 보란 듯이 매달렸다. 값비싼 게 통조림을 위해 제물이 되는 프롤레타리아트. 아마도 코바야시는 그 공포에 찬 광경에서, 자본의 본원적 축적의 비정함과 그것과 맞바꾸어지는 노동자 수탈의 전(全) 구도를 간취한 것이다.

오호쯔끄 해에 진군한 마루노우찌 빌딩의 출장 공장. 공장과 타꼬베야(노동자 합숙소)를 겸한, 이동하는 감옥 도시.『게 가공선』은 밀폐된 공간을 무대로 삼고 있지만 일종의 극단적인 도시 소설이라고 할 수 있다. 모든 모순의 하수구가 되어버린 식민지 도시. 제국의 도시는 제국해군의 진주라는 형태로, 혹은 헌상품을 강탈하는 '천상의 존재'로서 절대적으로 군림한다. 반식민지, 반군반전, 반천황제.

프롤레타리아 문학의 테마가 빠짐없이 이 특수한 '배'에 꽉 차서 흘러넘치고 있었다.

추상도가 상당히 높은 아방가르드 소설—그것이『게 가공선』

의 본질이다.

북양 어업에는 국책적 측면도 물론 있었지만 기간산업이라고는 하기 어렵다. 국익을 내세운 만큼 국가로부터 우대정책을 얻어내진 못했다. 공해상의 게 어업이 새로운 '시장'으로서 일시적인 성황을 보였던 것도, 대기업의 철수라든가 조업 지역 입찰로 현금 수입을 노렸던 소련의 움직임 등, 몇가지 요인 때문에 경쟁이 격화됐던 탓일 것이다. 그런 만큼 불안정한 도박성과 노동자에 대한 착취·수탈이 현저했다. 어느 쪽도 자본주의의 야만적 본성임이 틀림없지만 본성을 숨길 여유조차 게 가공선은 지니지 못했던 것이다. 코바야시의 환시는 정확하게 과녁을 꿰뚫었다.

소외당한 집단

특정한 주인공이 없는 집단소설이라는 의미에서는, 코바야시의 전작 『1928년 3월 15일(一九二八年三月十五日)』도 마찬가지다. 『게 가공선』의 창작 의도는 이보다 앞서 있었다. 여기 등장하는 것은 기계 부품으로서의 프롤레타리아이다. 그들에게는 이름도, 개성도, 용모도, 내면심리도 없다. 작가에 의해 박탈당한 것이다. 하나의 기호이다. 현실 세계에서 결정적으로 비인간화되어 있는 집단의 진실을 형상화하기 위하여 작가는 결연히, 개인으로서의 리얼리티가 없는 '인간'을 묘사하는 길을 택했다. 이 점만을 보더라도『게 가공선』이 과감한 실험의 산물임은 명백하다. 예외적으로 이름을 지닌 것이 악역인 아사까와이지만 그는 철저하게 외면에서 묘사되는 인물로 일관된다. 이름이 있을 뿐, 실체는 공허 그 자체, 역할에 의해서만 성립되는, 더없이 소외된 존재인 것이다.

개인이 아닌 집단을 묘사할 것. 이는 코바야시나 프롤레타리아 문학에서만 주장했던 것은 아니었고 1920년대에 나타났던 온갖 문학사조——표현주의, 다다이즘, 초현실주의, 미래파, 기계주의, 신감각파 소설 등——에 공통적으로 나타나는 음침한 인간관이다. 인간은 어쨌든 자신을 소외시킨다. 희망으로부터의 추방은 1920년대에 시작되어 20세기 전반을 뒤덮어버렸다.

『게 가공선』역시 이러한 1920년대 소설의 하나로서 공통된 각인을 지니고 있다.

코바야시는 문학이 명랑함, 부박함, 가벼움, 손끝의 잔재주로 흐르는 것을 두려워했다. 이러한 면에서 코바야시는 카와바따 야스나리(川端康成, 1899~1972)나 요꼬미쓰 리이찌(橫光利一, 1898~1947) 등 신감각파에게 적대적인 입장을 취했다. 우리 '프롤레타리아 문학 부대'는 그들 부르주아 작가들이 보여주는 신기함이나 영악한 잔재주를 단호히 부정해야만 한다면서.

그러나 코바야시의 주장과는 어긋나지만 후대 독자의 눈으로 보면『게 가공선』은 일면, 카와바따의 대표작인『아사꾸사 쿠레나이단(浅草紅团)』이나, 요꼬미쓰의 대표작인『상하이(上海)』와 (두 작품 다 거의 같은 시기에 쓰였으며, 그들은 그 이상의 달성을 보

여주지 못했다) 상당히 유사한 작품세계를 지닌 것으로 보인다. 영
상적 이미지를 많이 활용한다는 점에서는 『아사꾸사 쿠레나이단』
과, 집단적 씬이 등장하는 실험적 서술이라는 면에서는 『상하이』
와 유사성을 찾을 수 있다. 이는 독특하게 독해한다거나 하는 것이
아니라, 1920년대 소설의 빼어난 유산이 여전히 광휘를 잃지 않았
음을 인정하는 일일 뿐이다. 모더니스트들은 각자 타고난 재기를
과시하듯, 제국도시의 암흑 아사꾸사에서, 마도(魔都) 상하이에서
자신들의 제재를 추구해나갔다. 그 한편에서 코뮤니스트 코바야시
는 지옥선의 처참한 린치 사건에서 시작하여 해상에 떠 있는 요새
공장에서 제국도시를 환시하는 방법을 추구했던 것이다.

　다만, 한갓 부품으로 소외되어버린 인간을 묘사하겠다는 코바야
시의 의도가 온전히 성공했다고는 할 수 없다. 예컨대 5장에서 '게
살 채우기, 게 으깨기, 상표 붙이기'가 나오는 대목을 보자. 쇠약해
진 노동자가 싸디스트 같은 감독에게 쫓기며 위쪽 갑판에서 '게 으
깨기' 작업을 하다 내려와 중갑판에서 '게살 채우기' '상표 붙이
기'를 하는 식으로 오르내리는 부분이 희극영화의 거친 영상처럼
스피디하게 전개된다. 몽따주 효과를 노린 작가의 의도는 명백하
다. 여기서는 코바야시가 좋아하던 채플린 영화나 프리츠 랑(Fritz
Lang)의 「메트로폴리스」(Metropolis) (이 작품을 코바야시가 보았
는지는 확인할 수 없지만) 등과의 씽크로니시티(synchronicity, 공시
성)가 인정된다. 요컨대, 기계의 노예가 되어버린 인간에 대한 냉철
한 관찰인 것이다. 코바야시는 이것을 노예노동으로서 드러내 보

인다. 하지만 게 통조림을 가공하는 과정의 구체성이 모조리 생략된 까닭에 그 효과를 높이지 못하고 말았다.

철저하지 못한 다큐멘털리즘이라는 허약한 한쪽 바퀴가 드러나버린 대목이다.

작가는 특수한 노동 현장을 묘사하려고 의도하지 않았다고 주장한다. 게 통조림 생산과정 묘사에 구체성이 부족하다는 비판은 발표 당시에도 있었지만 작가는 그러한 비판에 대해 '게 통조림 생산과정이 어떤지, 그딴 것을 알고 싶어하는 건 자선하는 귀부인과 창백한 인텔리뿐이다!'라며 분통을 터뜨렸다. 생산과정에 대한 서술을 작품에 넣으려 했던 흔적은 있지만 충분하다고는 도저히 말할 수 없다. 조사한 바를 충분히 살리지 못했던 빈틈을 부르주아 평론가들이 영악스럽게 물고 늘어졌기에 자기도 모르게 발끈해서 독설을 내뱉은 것인지도 모른다. 『게 가공선』은 이른바 '조사를 바탕으로 한 작품'이며 코바야시는 게 공장의 실태를 타인에게서 들은 것 이상으로는 몰랐을 것이다. 취재를 위해 게 가공선에 오르는 것은 불가능했으리라. 그런 점에서 생생함이 부족하다는 지적은 부정할 수 없다. 이런 점들은 젊은 작가의 성급함을 드러내긴 하지만 그렇다고 작품의 본질적인 결점은 아니다.

다큐멘털리즘은 다음 작품인 『공장세포(工場細胞)』에서 더 잘 구현되었다. 무대가 된 깡통 제조공장을 작가가 직접 스케치한 약식 지도도 남아 있다. 이런 기초작업이 『게 가공선』에도 있었더라면 좋았을 것이다.

영상 몽따주

코바야시는 특별히 영상 이미지를 많이 쓰는 작가는 아니었다. 『게 가공선』을 집필할 때도 딱히 시각 효과를 의도한 것은 아니었다. 하지만 1920년대 문학에서 두드러지는 영상과의 상호교류는 코바야시의 작품 중에서는 『게 가공선』에서 가장 선명히 나타난다. 세세한 영상 이미지는 이 '실험소설'의 표면을 화려하게 물들이며, 작가의 확고한 영화적 '눈'은 상징 효과와 정치적 교의의 무게를 덜어준다.

소설의 앞머리, "지옥으로 가는 거야!"라는 한 줄에서 시작된 정경은 그다음 줄에서 두명의 어부를 클로즈업으로 찍은 화면으로 넘어간다. 그들이 기대어 선 갑판의 난간 너머로는 하꼬다떼 거리가 원경으로 펼쳐진다. 두 어부의 입에서 꽁초와 침이 아래로 떨어진다. 그대로 영화의 오프닝으로 쓸 수 있을 법한 멋진 씬이다. 그러더니 확 바뀌어, 어부들의 몸에서 풍기는 술 냄새. 후각으로 바뀌자마자 바로 화면을 전환하여 항만 풍경을 빈틈없이 훑은 다음, 도박으로 빈털터리가 되어 배에 오를 수밖에 없었던 두 사람의 상황을 확인한다. 그러고 나서 천천히 지옥선 내부로 카메라의 시선이 옮겨간다.

이동하는 카메라의 시선. 이러한 확실한 시각과, 시각에 이야기를 맡기는 자연스러운 문체가 바로 『게 가공선』에 내실을 더해주는 것이다.

그밖에도 인상적인 숏은 여럿 있지만 여기서는 두가지만 살펴보자. 지옥선 안에서 노동자들의 동선은 수평적인 가로 이동보다 수직적 세로 이동이 더 강조된다. 예컨대 노동자들이 '똥통'이라 불리는 선실로 내려가는 것으로 장면을 나누는 식이다. 세로축은 배를 몇개의 층으로 나누고 있을 뿐 아니라, 자본주의의 본질을 체현하는 명백한 사다리이기도 하다. 소설의 주요 부분은 밀폐 공간의 무대극처럼 진행된다. 프롤레타리아트를 쇠사슬로 묶어두는 수직축을 앙각(仰角)과 부각(俯角)의 앵글로 카메라가 잡아낸다.

3장에서 폭풍 경보가 울리는 장면. "모두들 우뚝 선 채, 하늘을 올려다보았다. 바로 아래에 있어서인지, 비스듬히 뒤로 튀어나와 있는 엄청나게 굵은 목욕통 같은 굴뚝이 흔들흔들하고 있었다."(39면) 여기서도 카메라의 각도가 확실히 지정되어 있다. 노동자들은 배의 '상징'을 올려다본다. 그들은 그것을 '아래쪽에서'만 보도록 허용된다. (황실을 알현하는 신민들과 마찬가지로.) 작품의 제재가 된 병원선 하꾸아이마루의 굴뚝에는 흰색 바탕에 적십자가 그려져 있었다. 지옥선의 굴뚝에는 어떤 표시가 그려져 있었을까?

7장에서 죽은 선원의 해장(海葬)을 치르는 대목의 앞부분을 보자. "감독은 '똥통'의 천장에서 얼굴만 들이밀고, "이제 됐지?" 하고 물었다."(99면) 단순한 씬이지만, 허공에 거꾸로 매달린 듯한 감독의 얼굴이 '똥통'을 들여다본다. 어두컴컴한 화면 위쪽에서 살인의 하수인인 악마의 얼굴이 불쑥 튀어나오는 것이다. 지배구도는 무척 단순한 이 두 줄에서도 절대적이다. 중반에서 어쩐지 박력이 떨어져가던 감독의 악마성이 여기서 단번에 돌아와서 극적인 클라이맥스에 다다른다.

의인법 하나와 비유의 다용

영상적 이미지뿐 아니라 『게 가공선』에서 눈에 띄는 것은 메타포의 다용(多用)이다. 이 작품만을 본다면 코바야시는 비유나 수식어에 의지하여 문장을 구성하는 작가인가보다 하는 잘못된 인상을 받을 수도 있다.

『게 가공선』의 비유 가운데 가장 성공적인 것은 3장의 거친 바다 씬이다. "파도는 보자기라도 집어올리듯 무수한 삼각형을 만들며 일기 시작했다"고, "무수한 토끼가 대평원을 뛰어다니는 듯"한 바다.(39면) 곧잘 비교되는 『바다에 사는 사람들(海に生くる人々)』의 경우, 작가인 하야마 요시끼(葉山嘉樹)가 직접 체험한 선원 생활을 바탕으로 한다. 반면, 『게 가공선』은 작가의 체험이 아니라 관념을 다룬다. 끊임없이 이쪽저쪽으로 이야기가 굴러다니는 하야마의 해양소설이 지닌, 제멋대로 왔다 갔다 하는 독특한 느낌과는 전혀 다른 세계이다. 하지만 이 '토끼가 뛰는' 거친 바다의 묘사는 비유의 힘이 돌출하며 멋진 문체를 보여준다.

그렇다면 이 작품 전체적으로도 이와 같이 성공적인 메타포가 많을까? 시험 삼아 앞머리 몇 페이지에서 예를 뽑아보기로 하자. "달팽이가 등을 편 것처럼" "한쪽 소매를 잡아당기기라도 하는 양" "커다란 방울 같은" "빈대처럼" "무슨 특별한 직물처럼" "소코 뚜레 같은" "기계로 된 인형인 양" "'장군' 같은" "둥우리에서 얼굴만 삐죽삐죽 내미는 새들처럼" 등. 연속적이고 더구나 비정상적으로 많다.

이 메타포들은 문장의 자연스러운 흐름 속에서 끌어냈다기보다는 억지로 끼워넣은 듯하다. 의무감에 가까운 성실함을 지니고. 억지로 끌어다붙인 듯한 직유는 결과적으로 문체의 품격도 리듬도 무너뜨려버린다. 작가가 그 정도의 초보적인 주의를 게을리했다고는 생각할 수 없다.

코바야시는 『게 가공선』의 방법론을 밝힌 글에서 '노동자적으로' 써야 한다고 적고 있다. 그렇다면 노동자적인 시도의 하나로 이렇게 마구 직유 수식어구를 남발한 것일 수 있다. 성공인지 실패인지는 다음 문제. 메타포를 연타하는 시도가 '주관적으로는' 의미가 있었던 것 아닐까?

애당초 코바야시는 수식어를 좋아하는 작가가 아니다. 작풍 자체가 금욕적이고 과묵한 태도가 어울린다. 장식을 더하여 돋보이게 하는 유의 작품세계는 아닌 것이다. 전작인 『1928년 3월 15일』을 예로 들자면, 작품을 통틀어 『게 가공선』의 몇 페이지 분량에 불과한 직유를 썼을 뿐이다. 크게 의미있는 비교가 아니라 해도, 『게 가공선』에서 보여주는 메타포의 다용은 특별하다. 작가는 작법상

무리임을 잘 알면서, 서툰 직유들을 악질 감독 아사까와가 몽둥이를 휘두르듯 야만적으로 마구 끼워넣었던 것이다.

거칠게 요동치는 바다 씬으로 돌아가서, '토끼가 뛰어다니는' 비유의 성공에 앞서 2장에는 "깜찻까 바다는 어디 오기만 해봐라, 하며 벼르고 있었던 듯했다"(23면) 하는 표현이 등장한다. 지옥선을 벼르며 기다리고 있는 지옥의 바다. 이런 식의 의인법은 이 한군데, 한 줄뿐이다. 이 대목에서만 바다가 주어라는 점이 눈에 띈다. 다른 문장, 이를테면 앞머리의 "달팽이가 등을 편 것처럼 늘어져 (…) 있는 하꼬다떼 거리" 등의 비유에 맞춰 쓴다면 '어디 오기만 해봐라, 하고 벼르고 있었던 듯한 깜찻까 바다'라고 표현했을 것이다. 추측하건대 초고 단계에서는 이런 용법이 더 있었던 것을 나중에 빼버리고 여기만 남은 것 같다. 이 성공에 작가는 아마 만족스럽지 않았을 것이다. 이런 식의 의인법은 '신감각파풍의 영악스러운' 기교에 불과하고, 빛이 난다 한들 그것이 프롤레타리아 작가의 명예는 아니라고 느꼈을 터이다.

더 정확히 말해, 『게 가공선』의 작품세계에서 바다가 인격을 지닌 듯 묘사되는 것은 온당치 못했다. 소설의 주요 무대는 바다가 아닌, 바다에 떠 있는 '공장'이니까. 모든 것을 초월하는 힘을 발하고 있는 가공선이 거친 바다에 희롱당한다 해도 주어는 바다가 아닌 편이 나았을 것이다. 통일성에서 벗어난다는 느낌은 이 한 줄에 끝까지 남는다.

미완, 그리고 작품의 외부

코바야시는 구성력이 뛰어난 작가이기도 했다. 열개의 장으로 이루어진 『게 가공선』은 느슨해지거나 군더더기가 붙는 일 없이 점차 분노와 증오를 강화해간다. 또, 코바야시는 이론에 따라 메시지를 작품으로 구현해나가는 면에서도 그렇고, 육감적이고 탐욕스러운 글쓰기의 장인이라는 점에서도 작가로서의 재능을 십분 발휘했다. 그는 리듬감 있고 간결하게 스토리를 이어가면서 독자를 단 한 줄도 지루하게 만들지 않아야 한다고 생각했다.

프롤레타리아 문학은 '대중소설이어야' 한다. 전위는 대중을 이끌어갈 뿐 아니라 오락도 제공해야 한다.

『부재지주(不在地主)』 머리말에서 코바야시는 "동지들, 대중잡지를 읽는다 하는 마음으로 편하게 페이지를 넘겨주기를"이라고 썼는데 이는 『게 가공선』에도 그대로 해당될 것이다. 사실, 그의 작품 중 『게 가공선』이 가장 널리 읽힌다는 사실에 비추어보면 가장 성공했다고 할 수 있다.

하지만 이 작품이 일정한 성취를 거두었다고 해도 그 문학적 본질에 관해 다음과 같은 지적을 놓쳐서는 안 될 것이다.

코바야시 타끼지의 문학은 첫 장으로 끝난다. 첫 장을 서둘러 쓰고, 서둘러 살고, 끝나버린다. 원래 있어야 할 둘째 장이 없다. 2장 이후가 없는 것이다. 청춘의 문학. 성숙은 실현되지 않는다. 물론,

작가 스스로 원해서 그랬던 것이 아니고 중도에 난폭하게 중단되어버렸기 때문이지만, 여전히 그의 소설의 본질은 첫 장만으로 완결되어버린다고 하는 지적을 피할 수는 없다.

나까노 시게하루(中野重治)는 『게 가공선』을 "홋까이도오의 스물다섯살짜리 은행원 하나가 자기가 체험하지도 않은 세계를 묘사한 것"이라고 평가했다. 나까노는 한동안 코바야시의 오류와 한계까지 끌어안으며 온몸으로 옹호하는 입장이었지만, 그의 평가는 더없이 냉정했다. '길이 남겨야 할 명작이다'와 같은 찬사는 없었다. 가장 많이 읽히는 코바야시 작품이, 프롤레타리아 문학의 젊고 쓴 열매일 뿐이라고 단정하는 것과 같았다. 작품의 끝부분, 파업 투쟁이 실패하고 '그들은 다시 한번 일어섰다'라는 부기를 덧붙인 구성에 대해서도 "두번째 투쟁을 포함하여 전체를 그려냈다면 구성이 한층 커지면서 작품 전체가 빛났을 것이다"라고 평했다. 이 평가는 상당히 정확하다.

전체가 그려지는 일은 없었다. 『게 가공선』은 집필 원고 그대로, 복자(伏字)는 복원했지만 그 이상 보완이 있을 수는 없었다. 그들이 다시 한번 떨쳐 일어나 진정한 승리를 쟁취하는 부분, 그 장면에서 영원히 훼방당한 채—현재 상태로 남겨진 것이다.

다시 말해, 이것은 소설의 외부, 이야기의 주변과 관계된 것이다. 코바야시의 죽음은 작품의 외부, 현실의 사건이지만 빈번히 코바야시의 텍스트에 포함된 삽화인 양 혼동된다. 외부가 내부화되면서 코바야시가 남긴 첫 장에 이어서 덧붙여지기라도 한 듯 받아들여지는 것이다. 그것은 어쩌면 코바야시의 작품 활동 그 자체에 내재된 본질일지도 모른다. 작품의 부족함과 미완적 성격을 현실이 메우고 있는 것이다.

치안유지법이라는 미명하에 자행되는 탄압의 지독함을 묘사한 『1928년 3월 15일』의 마지막 장은 작가의 초고에는 없었다. 코바야시는 일단 이야기를 마무리한 후, 두달 뒤에 옥중에서 메이데이 투쟁이 벌어진다는 삽화를 덧붙였다. 이 부분이 쿠라하라 코레히또(藏原惟人)와 『센끼(戰旗)』 편집부의 견해에 따라 삭제되었던 것이다. 통일성이 떨어진다는 이유에서였다. 원래 원고는 소실되었기에 작가의 「노트」에 기록된 내용을 토대로 원형을 추정할 수밖에 없다.

이 작품은 현재 판본으로는 감방 벽에 새긴 "3월 15일을 잊지 마라! 일본공산당 만세!" 등 열 줄 남짓한 선동문구가 삽입되면서 끝난다. 벽에 새겨진 문구이긴 하지만 이 마지막 문장들은 작품 외부에서 가져다 넣었다는 인상을 강하게 준다. (실제로 그중 첫 문장만 남기고 나머지는 생략해버린 판본도 있다.) 닫혀 있던 작품세계가 현실을 향해 열린 것이다. 이 때문에 외부 현실이 무리하게 접목되어 있다고 느끼게 만든다. 일반적으로 이러한 창작방법은 외부로 열렸다기보다는 일종의 파탄으로 보일 것이다. 삭제를 요청한 쿠라하라의 견해는 일견 상식적이었다고 할 수 있다.

그러나 이 작품에서 삭제된 부분과 『게 가공선』에서 그들이 '다시 한번 일어서는' 부기 부분은 동일한 창작방법임을 쉽게 알 수 있다. 『게 가공선』 역시 이야기가 마무리된 후에 부기가 붙어 다소 억지스럽게 현실과 접목된다. 편집진에서 통일성이 떨어지니까 삭제하는 것이 낫겠다는 의견을 낸대도 이상할 것이 없다. 하지만 『게 가공선』의 경우, 현재 판본은 부기가 함께 묶여 있다. 그 사실을 두고 나까노는 전체가 아니니 (무언중에 전체를 쓸 수 없었으니, 라는 함의를 담아) 안된다고 말한 것이다. "프롤레타리아 문학은 프롤레타리아 혁명의 승리에 의해 비로소 완전해진다. 자본주의사회에서는 어디까지나 불완전한, 부분적인 작품일 수밖에 없는 것이다." 이것은 이미 과거의 테제가 되어버렸지만 프롤레타리아 문학의 시대를 대표하는 코바야시 작품에 관해서는 여전히 진실일지도 모른다.

프롤레타리아 문학에 대한 일반적 의견은 접어두더라도, 코바야시 작품에는 그러한 주장이 잘 들어맞는 듯하다. 코바야시의 작품 중 상당수가 '미완'이라는 느낌이 강하다. 유작이 된 『당 생활자(党生活者)』는 말미에 '전편 끝'이라고 분명하게 밝혀두었고 그의 최고 작품(다른 이들은 모르겠지만, 내가 보기엔 그렇다)인 『전형기의 사람들(転形期の人々)』은 서장에서 끊기고 말았다. 완성된 작품 전체를 상상해볼 수는 있겠지만, 남겨진 작품은 남겨진 작품일 뿐이다.

미완결성. 첫 장에서 중단되어버린다는 본질적 특징. 이것은 문학작품이 현실의 어두운 곳에서 출발하여 그것을 초극하고자 하는 목표를 가지고 있는 한, 필연적인 결과일 수도 있다. 초극을 목표로 삼지 않았다면 아마 확실하게 완결할 수 있었겠지만, 그런 형식적인 완결이야말로 코바야시가 특히 기피했던 바이다. 그 결과, 약간 보기 싫게 열린 (혹은 무참하게 파탄난) 작품이 되었다.

텍스트는 현실의 인생과 이어져 있다. 현실의 인생이 텍스트에 이어져 있다고 말해도 마찬가지다. 완전히 똑같은 이야기이다.

이 사실은 다음에 말할 논점을 고려한다면 부정할 수 없는 진실로 다가올 것이다.

어머니의 문학

오해를 무릅쓰고 말하자면, 코바야시 타끼지 문학 세계의 근간에는 어머니를 찾는 애가(哀歌)가 있다.

현실 세계로 열려 있다는 특징 역시, 상당부분 이와 관련된다. 어머니를 찾으면서도 멀리멀리 떠나가야 하는 '빨갱이' 아들의 회한. 아니, 회한이라는 낱말은 이 사내의 사전엔 없었으니 뭐라고 해야 할까.

여자가 없는 사내들뿐인 이야기 『게 가공선』에도 어머니가 나오는 장면이 딱 한군데 있다.

어두컴컴한 구석 쪽에서 작업복 윗도리에 잠방이를 입고 보자기를 삼각형으로 쓴 날품팔이 같아 보이는 아이 엄마가 사과를 깎아서 널판에 엎드려 있는 아이에게 먹이고 있었다. 아이가 먹는 것을 보면서 자신은 둘둘 말려 있는 껍질을 먹고 있었다.(10면)

첫머리에서 어부 두 사람의 눈을 빌렸던 카메라의 시선은 배 안으로 이동하여 소년 잡부들이 모여 있는 선실로 내려간다. 카메라는 어디 출신이냐는 등 오가는 대화를 포착한 다음, 선실의 어두운 구석을 기어다니듯 잡아낸다. 거기에서 비쳐진 것은 아이에게 사과를 깎아 먹여주면서 자기는 껍질을 먹고 있는 어머니의 모습이었다. 이 장면에만 나올 뿐, 줄거리와는 아무 관련도 없고 이들 모자가 다시 등장하는 일도 없다. 이동하는 카메라가 집단 속에서 한 어머니에게 초점을 맞춘 원 숏이었다.

어머니와 아이를 떼어놓는 무자비한 외부 세계, 그리고 과일을 먹는 아이와 그 껍질을 버리지 못하고 입에 넣는 어머니라는 구도가, 이 몇 줄만으로도 한없이 웅변적으로 다가와 가슴을 친다.

코바야시는 어머니를 꼭 묘사해야 한다거나 적극적인 주제로 다뤄야 한다고 주장한 적은 없을 것이다. 내가 아는 한, 프롤레타리아 문학의 강령에도 그런 주장이 들어 있진 않다. 그러나 『1928년 3월 15일』 및 『당 생활자』에는 직업 혁명가가 되기로 선택한 청년과 그 어머니의 괴로운 결별의 점경과 그 고뇌가 분명 존재했다.

애가(哀歌)를 직접 다룬 작품으로는, 모두 소품이나 단편이기는 하지만 「엄연한 사실(争われない事実)」「상처(疵)」「어머니들(母たち)」「어머니와 누이의 길(母妹の途)」 등이 있다.

그리고, 주의해 읽을 것도 없이 『1928년 3월 15일』이라는 집단 소설은 여성의 관점으로 시작된다. 국가권력에 의해 구속당하는 남자들의 아내, 딸, 어머니. 작가의 관심은 대부분 그 여성들을 향해 있다. 4장에는 검거되어 연행당하는 남자가 겁에 질려 "손과 발만을 버둥거리는 어머니를 보"고 경악하는 장면이 나온다.

코뮤니스트의 책무란 국체(國體)를 부정하는 것이었다. 천황제 지배권력을 타도하고 사회주의 정부를 세우는 일. 그의 선택은 곧, 우선 가족을 버리고 어머니의 사랑과 은혜에 '국적'(國賊)이 되는 것으로 보답하는 것이다. 어머니가 그것을 받아들이고 이해하도록 해야 한다. 어머니의 눈에 아들은 그저 '흉악한 놈'에 불과하다. 어떻게 어머니에게 공산주의 사상이 바르다는 것을 전할 수 있단 말인가? 늙은 어머니에게 코뮤니스트의 어머니로서의 마음가짐을 요구하고자 하는 절망적인 '구애'의 모습.

『1928년 3월 15일』에서는 한 장면으로 끝났던 정경이 『당 생활자』에서는 한층 발전하여 고뇌로 나아간다. 『당 생활자』는 스물네 시간 자신을 비우고 당에 헌신하려 했던 코바야시가 스스로를 고무하기 위해 쓴 유일한 '사소설'(私小說)이라고 생각한다. 미쳐 날뛰는 치안유지법 체제의 한복판, 비합법조직인 공산당은 거의 괴멸 위기에 처해 있었다. 중앙 및 지방 조직의 실태는 어느 정도였을까? 반면, 프롤레타리아 문학은 잡지의 발행부수가 이만부를 돌파하는 전성기를 맞이하고 있었다. 많은 이들이 '프롤레타리아 문학과 빛나는 일본공산당의 선전문서를 동일시하는' 착각에 빠져 있었던 것이다. 당시 연표를 보면, 코바야시 학살 사건 다음에 수감된 공산당 간부의 전향 성명 발표라는 항목이 이어진다. 코바야시는 그런 당에 절대적인 충성을 바쳤다. 그의 영웅주의, 좁은 시야, 전후에 집중적으로 비판받았던 경직성⋯⋯ 이 모든 것은 우직하다 싶을 정도였던 그의 '개인적 기질'에 의해 설명 (혹은 변명) 가능하다.

나까노 시게하루는 개인적 서신에서 이 소설에 관해 "그런 작품은 앞으로 두번 다시 나타나선 안된다"고 격렬한 거부감을 드러냈다. (훗날 공식적으로는 무난한 찬사를 남겼지만.)『당 생활자』에는 주인공이 지하활동의 피로를 풀기 위해서인지, 아니면 서민적 삶을 위장하기 위해서인지 탐정소설에 빠진다는 구절이 나온다. 요컨대 이 소설은 지금이라면 지하활동에 헌신하는 '스파이'가 주인공으로 나오는 지나치게 순진한 탐정소설로 읽을 수도 있을 것이다. 하지만 나는 '사소설'로 받아들인다.

『당 생활자』 텍스트 자체를 그 과도함에서 해방시켜 시대를 초월하는 문학으로 건져올린다는 것은 조금 무리일 듯싶다. 그 괴로움을, 많은 이들이 납득할 만한 풍요로움으로 그려낼 수 있었다고는 도저히 말할 수 없다. 게다가 체포에 대한 두려움과 등을 맞대고 사는 자의 방자함으로부터 그가 얼마나 벗어나 있었을까? 하지만 쓰지 않고는 견딜 수 없었던 코바야시의 애틋한 감상을 무시하는 것 또한 불가능하다.

어머니에게 용서를 구하는 것은 비겁함에 불과하니 그는 만감

을 걸머진 채 떠날 뿐이었다. 그것만이 붉은 삶의 증거였다. 프롤
레타리아의 어머니는 강해야 한다고 질책하는 그의 에고이즘. 어
머니는 아들에게 "어깨에 네 특징이 나타나. 그래서야 아무리 변장
해봤자 탄로나버리지" 하고 말할 뿐이었다. 그는 어머니를 몰아내
고 정을 떼면서 "앞으로 몇년 후엔가 찾아올 새로운 세상"이 될 때
까지 만나지 않으리라 결심한다. 나는 이 소설을 코바야시의 '사소
설'로 말고는 도저히 달리 읽을 수가 없다.

하지만 코바야시가 어머니를 묘사하는 장면에는 명료한 전거가
있기는 하다. 바로 러시아 소설가 막심 고리끼의 『어머니』(1907)이
다. 사회주의자라는 단어만 들어도 기겁하던 무지한 어머니는 아
들과 그 동료들의 투쟁을 지켜보면서 서서히 조금씩 각성되어간
다. 아들이 믿는 미래에 모든 것을 걸기로 했을 때, 어머니는 "아들
의 심장과 자신의 심장을 하나의 불 속에 녹여내고 싶다는" 마음으
로 가득 찬다.

코바야시는 『게 가공선』 발표에 앞서 '살해당하고 싶지 않은 선
원 노동자들'을 향해 '고오리끼'(鄕利基)라는 필명으로 "증오를 알
라"고 호소했다. (그에게는 이후 사년밖에 남아 있지 않았지만.)
그는 고리끼의 『어머니』에 등장한 삽화처럼 2장을 쓰고 싶었음이
분명하다. 아니, 써야 했다. 주검이 되어 돌아온 아들에게 어머니
는……

코바야시의 어머니가 읽지도 쓰지도 못했다는 사실은 잘 알려
져 있다. 누나와 동생은 앞다퉈 어머니에게 책이나 신문을 읽어드

렸다고 한다. 가난하지만 떠들썩한 집이었다. 어머니 코바야시 세끼(小林セキ)가 뒤에 남았다. (그녀의 사후에 발견된) 아들에게 보낸 다음의 '시' 또한 많이들 알고 있을 것이다.

아—다시이러캐이월이왓다/정말로이이월이라는달이/시른달목청껏/울고시픈대어디로가도못/운다아—그래도라지오로/좀갠찮다/아—눈물이난다/안경이흐리진다

2월은 타끼지의 기일이 있는 달이다. 이 '시'를 바르게 고쳐쓰면 이런 의미일 것이다. '아, 다시 이렇게 2월이 왔다/정말로 이 2월이라는 달이/싫은 달 목청껏/울고 싶은데 어디로 가도 못/운다 아, 그래도 라디오로/좀 괜찮다/아, 눈물이 난다/안경이 흐려진다'

이런 '시'는 오늘날에는 재일조선인 1세대 여성들의 받아쓰기에서나 만날 수 있는 형태이다. 그녀는 코바야시 등의 코뮤니스트들의 가슴에 있던 '무지한 일본 민중'의 원형이었다고 여겨진다. 그의 죽음은 작품 외부의 사건이지만 어느새 작품 속으로 '허구'인 양 강하게 끌려들어간다. 후대가 당혹스러워할 만하다. 타끼지와 어머니의 이야기는 고리끼가 이미 썼을 법한 느낌이지만 사실은 다르다. 그것은 마치 코바야시가 썼을지도 모를 (쓰기를 제지당한, 또는 쓰지 않고 가버린) 상상 속 둘째 장의 정경으로 기억에 새겨져온 듯하다.

21세기의 『게 가공선』

내 젊은 시절, 코바야시 타끼지는 어느 쪽인가 하면 비문학적인 것의 대명사였고, 그 텍스트를 문학적으로 독해하는 것이 대단한 문제도 아니었다. '1960년대 말 반란'의 빛과 어둠에 파묻힌 계절에 프롤레타리아 문학이란 타기해야만 하는 구좌익적 권위의 한 항목에 불과했다. 만약 들고 다니기 창피한 도서 목록을 당시에 만들었다면, 코바야시의 책은 상당히 높은 순위에 올랐으리라. 『게 가공선』을 도시소설의 변종, 1920년대 실험정신의 도전으로서 (다시 말해 프롤레타리아 문학 정통의 당파논리로부터 떼어내어) 읽고자 하는 몇몇 논고는 1980년대 이후의 산물이다. 그러한 뉴웨이브를 접하고도 그다지 마음이 동하지는 않았던 듯하다. 내 머릿속에서 『게 가공선』은 여전히 자본주의의 원시적 축적과 노동자에 대한 착취·수탈을 명시한 교조적인 책이라는 규정을 크게 벗어나 있지 않았다.

'21세기에 읽히는 『게 가공선』'이라는 주제는 꽤나 마음이 무거워지는 관심사였다.

프롤레타리아 문학이라 불리는 대부분은 단순한 통속적 읽을거리였고 바로 그 때문에 역사의 문서 창고에 잠든 채로 남았을 것이다. 맑스가 말한, 발끝부터 머리끝까지 피로 칠갑한 자본의 본질, 그 노골적인 폭력의 공포를 『게 가공선』은 그려내고 있다. 그러나 그런 다큐멘털리즘뿐인 읽을거리라면『게 가공선』말고도 얼마든지 있다.『게 가공선』만이 '다시 한번 일어나'게 된 특수한 이유는 무엇일까? 지금도 읽히고 여전히 지지받는 것은 어째서일까? 그럴듯한 대답이야 아무 데나 굴러다니고 있는 듯한 느낌이 든다.

뭐,『게 가공선』이라고? 어째서? 코바야시 살해 이후 상당히 많은 보고서가 저널리즘을 돌아다녔고 '죽은 코바야시가 산 프롤레타리아 작가를 먹여살린다'라는 독설 또한 수군수군 떠들어댄 모양이다. 그것의 21세기판인가 하는 찜찜함에도 사로잡힌다. 의문은 일단 보류하자.

문제는 프롤레타리아의 '부활'이었다. 역설도 무엇도 아니고 무시할 수 없는 현상으로서의 부활.

후기자본주의, 말기자본주의, 하이퍼 자본주의…… 무어라 부르든 마찬가지지만, 환상을 흩뿌려대는 데 있어서는 일찍이 없었던 잠재력을 실현해 보이던 시스템의 터진 구멍들이 가는 데마다 벌어져 있다.

그렇다면, '쇠사슬밖에는 잃을 것이 없는' 프롤레타리아트라는 상(像) 역시 무덤 속에서 다시 파올려진 것일까? 악취, 압제, 수탈, 착취 등과 같은 '사어'(死語)들까지도 줄줄이 함께 말이다. 이 글만 봐도 프롤레타리아트라는 단어를 거침없이 쓰고 있는데, (최근 십수년간은 생각조차 못했던 사태다) 이 역시 어떤 부활을 말해주고 있는 것일까?

좋든 싫든 자본주의의 성숙이란, 그 야만스러운 탄생기를 지나면서 노동자와 공존할 수 있는 풍요를 가져오는 시스템의 실현을 의미한다. 성숙을 진보라고 바꿔 말하는 기만은 참을 수 없었다 해도, 성숙 그 자체를 부정할 계기는 찾기 어려웠다. 프롤레타리아트가 풍요로워져서 중산계급화하는 것이 노동운동이 일군 성과였다 하더라도, 그처럼 자본주의의 잠재력을 유리하게 끌어내는 것이 가능하다면 굳이 폭력혁명이 필요할까? '자본주의의 무덤을 파는 자'로서의 프롤레타리아트는 해체되어갔지만 그것은 프롤레타리아트 자신에 의한 자기해소라고 부를 만한 과정이었다. 전후 민주주의 사회의 오랜 안정 속에서 계급대립은 현실적인 기반을 조금씩 잃어갔다.

그러는 사이, 사회주의권의 해체가 현실이 되었고 전혀 새로운 질서가 생성되기 시작했다. 아니, 조금 더 거슬러올라가 1985년의 플라자 합의[2] 언저리를 기점으로 삼으면 더 알기 쉬울까? 이때부터 환율 차액을 조작하여 돈으로 돈을 증식시키는 새로운 자본주의가 발흥하게 되었으니까. 국제통화의 격차가 만들어낸 격차사회—나쁜 농담이다. 물건을 제조하여 유통시키는 자본주의는 이 새로운 자본주의로 '진화'했다는 이야기이다. 카지노 자본주의, 갬블 자본주의라는 용어도 플라자 합의 이후에 생겼다. 모든 것을 시장에 '개방'하라. 이제 노동과 자본이 육체적으로 충돌하는 계급대

---

2 1985년 9월 뉴욕의 플라자 호텔에서 열린 선진 5개국 재무장관 및 중앙은행 총재 회의로, 당시 상승하던 달러 가치를 시정하기 위해 외환시장에 개입하겠다는 합의를 내놓았다.

립 따위의 이미지로는 전혀 상상조차 할 수 없는 세계가 나타난 것이다. 나아가 인터넷 사회가 도래함으로써 상황의 불투명성과 불가시성은 가속화되었고, 지금 이 순간에도, 견딜 수 없을 정도로 계속, 계속 가속화되고 있다.

이 같은 흐름과 더불어, 일본 내에서는 저성장 경제 사회라고 규정된 전대미문의 특수한 하이퍼 자본주의가 현실이 되었다. '일을 해도 임금이 오르지 않는다' '회사는 조기퇴직 외에는 자구책이 없다'──이것이 자본주의인 것일까? 이런 점에서도 고전적인 경제학으로는 전혀 설명할 수 없는 세상이 되었다. 하지만 제도가 변하지 않는 이상, 인간이 하는 경제활동은 불변이다. 자본의 원시적 축적도, 그 과정에서 노동자의 생피를 빨아먹는다는 사실도 변치 않으리라. 역사는 반복된다. 한번은 비극으로, 두번째는 희극으로. 세번째는 '무엇'으로일까? 그럴듯한 말을 찾아보지만 떠오르지 않는다. 어쨌든, 교활하고 영악한 스펙터클로,『게 가공선』의 지옥이 이 사회에 강림해 있다.

버블 붕괴 후 이미 상당한 세월이 흘렀고 일본 젊은이들의 생태에 관하여 내 나름대로 관찰은 해왔다. 그들과의 사이에서 절대적 단절을 느낄 수밖에 없었던 것은 우리가 고도성장기의 아이들이라는 사실 때문이다. 그 간극은 도저히 뛰어넘을 수가 없다. 낙오는 하나의 유행이었다. 더구나 정신 차리고 보니 다시 살기는 불가능한 인생의 한복판이었다. 너무나 자연스레 그렇게 흘러갔다. '노력하면 성취된다'는 자본주의의 금언은, 실제로 번영을 불러왔고 우도 좌도 한 꼬챙이로 꿰어버린 '신앙'이었다. 내가 '시건방지게 세상을 무시할 수' 있도록 해준 것은 부에서 비롯된 여유였음이 분명하다. 그런 여유를 누리지도 못한 채 개별화를 강요당하는 버블 후의 젊은 층은 나에게는 '에일리언 네이션'의 아이들이었다.

그러고 보니, 나도 예전에 '자동차 절망공장'에서 일년 정도 기간제 사원으로 일한 적이 있다. 면접시험을 함께 치른 사람들은 술 냄새를 풀풀 풍겼는데, 소변 검사에서 당연히 걸릴 테니 검사용 컵에 수돗물을 왕창 부어 희석하고 있었다. 일을 시작하는 자리에서 (면접엔 누구나 붙었을 것이다) 게 가공선의 아사까와처럼 '떡대'가 '큼지막한' 반장이 "너희들 말이야, 부상과 도시락은 지가 알아서 하는 거야. 잘 기억해두라구" 하고 내뱉었다. 목도를 휘두르진 않았지만, 산재를 노리고 일부러 발등에 부품을 떨어뜨리거나 했다간 죽을 줄 알아, 하고 겁을 준 것이었다.

먹고살기 위해 하는 일이었다. 쓸거리가 될 만한 건 아무것도 없었다. 프롤레타리아트는 아직도 존재한다고 실감하긴 했지만, 야근할 때 하야마 요시끼의 소설에나 나올 법한 괴담을 듣고 정말 기겁했던 기억이 난다. 이는 목가적인 시절의 이야기에 불과하다. 삼십년 가까이 된 이야기이니까. 물론 정규직으로 등용되는 길도 있었다. 지금은 아무런 교훈도 되지 못할 것이다. 내 경우, 개인적인 문제이긴 했지만, '절망공장'으로 전락했던 것은 '지옥으로 가는 편도 차표'였다기보다는 오히려 생활을 재건하는 첫걸음에 가까운 것이었다. 다시 시작할 기회가 얼마든지 주어졌던 '풍요로운 사회'

의 혜택을 입은 것이리라.

나는 베이비 붐 세대의 서막을 연 1947년생이라, 여하튼 사람 수만은 엄청난 동년배 사이에서 날 때부터 '경쟁' 원리를 철저히 주입받으며 자랐다. 그러나 그 속에서 '승리조와 패배조'라는 음산한 사고방식을 몸소 체험한 적은 없다. 단 한번도 없다. '승리조와 패배조'라는 사고는 버블 이후의 산물이다. 얼어붙을 듯이 제로, 제로, 제로, 제로가 이어진 '잃어버린 계절'이 되고부터다. 승리와 패배를 자기관리의 심장부에 주입시킨 더없이 끔찍스러운 사태. 그것을 눈앞에서 보긴 했지만 내 몸으로 체험하진 않았다.

당면한 문제로 소란하던 2007년, 개인적으로는 초기 노령자(뉴올드)가 되었다. 당연히 기쁠 거야 없다. 매스컴에서 꼽은 한해 키워드이기도 했던 모양인 '단까이'(團塊)[3]라는 단어를 신문 같은 데서 안 보고 지나가는 날이 하루도 없었다. 그 단어를 볼 때마다 분노로 벌벌 떨렸다. 어떤 날은 두세번씩 분노에 휩싸였다. 익숙해지는 날은 끝내 오지 않았고 아직도 오지 않고 올 리도 없다. 단까이, 한자로 써놓아도 지저분하지만 발음도 상스럽고 징그럽다. 이 저주스러운 어감에 흠뻑 담긴 악의, 원한, 혐오, 원망, 공포…… 등등의 것들이 하나씩 혹은 복합적으로 시신경을 통해 뛰어들어오는 나날이었다. 물론 왜 그런 이야기를 하는지는 지나칠 정도로 자각

---

3 '덩어리'를 뜻하는 일본어로, 2차대전 직후의 베이비 붐 세대를 일컬어 '단까이 세대'라고 한다. 70, 80년대 고도성장기를 이끌었으며 2007년부터 이들 세대의 정년이 시작되면서 심각한 사회문제로 부상했다.

하고 있었다. 단지 수가 많다는 사실만으로도 다른 세대에게 일종의 폭력적인 위협이 되었음은 잘 알고 있다.

요컨대 내가 하고 싶은 말은 이런 것이다. 그렇게 경쟁으로 지고 새던 '단까이'이긴 하지만 이기고 지는 격차도, 오늘날과 같은 의미에서는 없었다. 아무 상관이 없었다. 경쟁을 선하다 하는 시장만능사회. 이는 우리 세대에 고유했던 사고방식의 산물이 아니다. 책임을 피하려고 핑계를 대는 것이 아니다. 현 사회를 뒤덮은 경쟁원리는 시스템의 더 깊은 곳에서 시작되고 있다.

승리조에겐 상금과 명예를, 패배조에겐 전락과 소외를. 이기는 것은 노력과 운에 따른다고 말하는 것은 머나먼 신화다. 현대의 성공담은 어디까지나 음침하다. '승자는 아무것도 얻지 못한다'는 말이나 패배에 따르는 낭만 같은 것은 이미 과거의 일이다. 지금, 패배와 낭만이 공존하는 곳은 현실이 아닌 픽션에나 있을 뿐이다. 패배에 대한 판결이 이렇게도 일찌감치 내려지고 게다가 그것이 온전히 자기 탓이라고 인정하게 만드는 시스템에 어떤 미래가 있는 걸까? 승리가 일시적 상금에 불과하다면 그것은 승리라고 하기 어렵다. 환상에 취한 자기기만이다. 결과가 전부이지만 그 결과도 오래가지 않는다. 이것이 건전한 경쟁이라고 말할 수 있을까? 이러한 변칙적 룰의 경쟁을 강요당하는 사회는 결정적으로 병들어 있는 것이다.

현대의 프롤레타리아트란 어떤 자들인가. 어디에서 왔을까.

그러니 이런 질문은 지극히 무의미할 것이다. 자본주의는 번영을 통해 노동계급의 본질을 파괴해왔지만 지금 다시 한번 감춰져 있던 잠재적 본질을 끄집어내고야 말았다. 무덤을 파는 자를 깨어나게 만든 것이다. 설령 수적으로 일부에 불과하다 해도 전면적 위기임을 인정할 수밖에 없다. '케따오찌'[4]나 '봇따꾸리'[5]의 부활. 이러한 것들은 버블 이후 자본주의가 연명해가는 전형적인 방식이다. 코바야시 타끼지가 다소 도식적으로 제기했던, 제 무덤을 파는 자본의 모습. 『게 가공선』 8장 끝부분에 나오는 모습이다. 꼼꼼하게 걸러 순박한 노동자들을 끌고 왔지만 오히려 미조직 노동자들을 단결하게 만들었다,라고.

팔십년 전, 총명하고 성실한 청년이 거친 소설에 담았던 도식. 꼭 죽임을 당하는 것은 아니라고, 자기는 분명 도망칠 수 있을 거라고, 기회주의적 생각에 빠진 동료에게 리더는 말한다. 우리는 날마다 조금씩 살해당하고 있고, 그 결과로 어느날 갑자기 죽임을 당하는 것이라고.

사태는 더없이 명확하다. 그리고 불행하다. 그 도식만이 되살아나고 있다면 더욱 불행하다. 현실사회주의 국가들은 거의 대부분 파산했고 유토피아의 꿈은 환멸의 세월을 거치며 산산이 부서졌다. 맑스주의의 희망은 '20세기의 종교운동'으로 치부되면서 살아남아 있는 것일지도 모른다. 현대의 프롤레타리아트는 스스로의 육체를 발견하는 것부터 시작해야 하리라. 역사의 단절. 자기소외

---

4 임금이 극단적으로 낮은 일자리나 그 고용주를 가리키는 말.
5 바가지 씌우기.

의 극복. 자신의 이름을 회복해야만 한다. 스스로 상처 입힌 자신의 주검을 찾을 것이 아니라. 승리조와 패배조를 선별하는 '게임'은 사회 모든 계층을 좀먹고 있다. 어떻게 하면 날아오를 수 있을까.

그렇지 않다면 어느날 당신은 아끼하바라 거리를 자동차를 몰아 무차별적으로 돌진하거나, 마치 총격 게임을 하듯 아무에게나 칼을 휘두를지도 모른다. 극단적인 자해 행위로 스스로를 몰아가 마침내 폭력을 폭발시키고 끝나는 그 임계점에 이르면 말이다. 무차별 살인마가 인터넷상에서는 히어로나 천사로 불리며 인기를 끈다고 한다. 잘했다고. 도대체 어떻게 된 세상일까? 하다못해 그를 '탈락한 좀비 프롤레타리아트'라고 부를 수 없는 걸까? 동료를 죽이는 격격 프롤레타리아트라고. 그를 쏘아라. 그를 파괴하라.

현대의 난민층은 하염없이 떠도는 수밖에 없는 걸까? 프레카리아트(precariat)니 멀티튜드(multitude)니 하는 용어는 그 빈틈들을 메우는 데까지 나아가고 있는 것일까? 오늘날 필요한 것은 프롤레타리아트의 육체, 그뿐이라고 생각한다.

살해당하고 싶지 않은 노동자에게 '증오를 알라'고 호소했던 코바야시 타키지. 그에게는 그후로 사년밖에 남아 있지 않았지만 그는 풍요롭고 다양했던 프롤레타리아 문학 시대를 누빈 숱한 질주자 가운데 하나였다.

그가 『게 가공선』의 노동자들의 입을 통해 외쳤던 '우리들은 지금 조금씩 살해당하고 있는 거야'라는 울부짖음은 새벽시장의 일용 노동자들을 향해 던진 다음의 말과 완벽하게 겹친다. "산야, 카마가사끼[6]의 동료들이여, 묵묵히 개죽음당하지 말라! 그대들은 매일 조금씩 죽임을 당하고 있는 결과로, 어느날 갑자기 살해당하는 것이다." 이 말을 남긴 일용노동자 단체의 활동가 후나모또 슈우지(船本洲治, 1945~75)는 경찰 권력의 집요한 추적에 항의하며 분신자살로 삶을 마감했다.

영국의 펑크밴드 아시안 더브 파운데이션(Asian Dub Foundation)은 세계화로 통합되어가는 유럽을 향해 '증오, 어떻게 거기에 이를 수 있는가가 문제다'라는 메시지를 보냈다.

후나모또의 추모집 『리쓰깐(立棺)』에는 "현실의 총체를 짊어지게 된 존재는, 그 현실 총체와 대결해야 해방될 수 있기에 현실 총체의 모습을 꿰뚫어볼 수 있는 존재가 된다"라는 구절이 나온다. 이것은 지금도 변함없이 피억압계급을 규정하는 원칙적인 정의이다. 피억압계급이라는 말을 부끄럽게도 이 글에 쓰고 말았지만 그것이 에일리언 네이션의 아이들에 대해 내가 품고 있는 가장 친근한 이미지일지도 모른다.

『게 가공선』의 '똥통' 속에서 숨져가는 노동자의 모습을 코바야시는 똥으로 칠갑이 된 고독한 죽음으로 응시하였고, 그 똥조차 말라붙어 있었다고 쓰지 않고는 견딜 수 없었다. "저기, 저 죽어가네, 저렇게 죽어가네." 코바야시 자신의 죽음은 고독하지 않았지만 죽음의 양상은 이미 그가 작품 안에서 예언적으로 묘사한 장면처럼

---

6 산야는 토오꾜오, 카마가사끼는 오오사까의 조그만 구역으로, 빈곤한 일용 노동자와 홈리스 들이 모이는 곳으로 유명하다.

몰아쳐왔다. "얘야, 다시 한번 일어서야지, 다들 보는 앞에서 한번 더 일어나라니까." 그가 한 말은 아니지만 그 순간 (고리끼의 소설처럼) 심장이 한데 녹아버린 어머니와 아들이 둘이서 말한, 언어를 초월한 언어인 것이다. 그는 그 장을, 스스로 쓰지 못했으나 분명히 어머니의 힘을 빌려 '써냈'다.

그리하여 다시 한번, 거기 서는 것은 누구일까—더 덧붙일 말은 없다.

다시 한번, 게 가공선에서

문학이 세상을 바꿀 수 있을까?

한점 의심 없이 그렇게 믿는 이들이 있었다. 1868년 메이지유신 이후, 일본은 1894년의 청일전쟁과 1904년의 러일전쟁, 두번의 국제적인 전쟁에서 승리하면서 거침없이 제국주의의 길을 내달리고 있었고 그 길에 방해가 되는 이들을 가혹하게 탄압했다. 특히 1910년 천황의 암살을 꾀했다는 혐의로 대역사건을 날조하면서 사회주의 진영은 혹독한 겨울을 맞았다. 그러나 제1차 세계대전을 계기로 하여 러시아에서는 1917년 사회주의혁명이 성공하여 오랜 짜르시대가 막을 내렸고 1918년에는 일본의 토야마 현에서 이른바 '쌀 소동', 쌀값 인하를 요구하던 주부들이 홋까이도오로 쌀을 반출하려던 배에 난입한 사건을 계기로 자발적인 민란이 일어나 온 나라가 소란스러웠다. 이 자생적인 민란을 진압하기 위해 정부는 경찰로 모자라 군대까지 동원하였고 지식인들의 비판과 성명, 참여가 잇따랐다. 1920년대 들어 이른바 타이쇼오 데모크라시[1]의 활발한 확산, 계급적대의 격화 등으로 사회 분위기는 급변하고 있었다.

1921년, 잡지 『씨 뿌리는 사람(種蒔く人)』이 창간된다. 이 잡지는 자연발생적인 일본의 사회주의 문학운동을 국제적인 관점에서 방향지어보려는 시도였고, 프롤레타리아 문학의 초석을 놓았다는 점에서 선구적 역할을 했다. 『씨 뿌리는 사람』은 1923년의 칸또오 대지진으로 폐간되고, 이 잡지의 동인들이 중심이 되어 1924년 『분게이센센(文芸戦線)』을 창간하여 프롤레타리아 문학운동의 거점으로 삼는다. 운동의 이론적 리더였던 아오노 스에끼찌(青野季吉)는 「자연생장과 목적의식(自然生長と目的意識)」이라는 짧은 글에서 프롤레타리아 문학운동의 의의와 목적을 명확히 하여 사회주의, 민본주의, 똘스또이식 인도주의, 기독교 사회주의에 이르기까지 다양한 이론들이 맑스주의 아래 통합될 수 있게 했다. 1928년 즈음, 일본에서는 프롤레타리아 문학만이 문학이라는 열띤 분위기가 고조되어가고 있었다.

아끼따 현의 몰락한 농가의 차남으로 태어난 코바야시 타끼지

---

1 러일전쟁 무렵부터 2차 세계대전 사이, 타이쇼오시대(1912~26)에 일본의 각계 각층에서 일어났던 민주주의 개혁운동.

(小林多喜二, 1903~33)는 심장병을 앓던 아버지 대신 큰아버지에게 의지하려고 오따루로 이주한다. 큰집에 기대어 살게 된 코바야시는 그 집안의 빵 공장 일을 도우며 통학했고, 십대 후반부터는 홋까이도오 척식은행 오따루 지점에 근무하며 시가 나오야(志賀直哉)를 흉내 낸 글들을 썼다. 초기에는 학교생활이나 연애 등을 주로 다뤘으나 차츰 가난하고 학대받는 이들의 괴로움에 대한 공감과 정의감으로 일관된 작품이 늘어갔다. 도스또옙스끼나 체호프 등을 읽었고 시가 나오야의 영향도 받았지만, 이른바 인도주의에는 비판적이어서, 인간적 고뇌의 사회적 근원을 추구하면서 비판적 현실주의 노선으로 나아간다. 1926년경부터 하야마 요시끼(葉山嘉樹), 막심 고리끼(Maksim Gor'kii)의 작품을 통해 프롤레타리아 작가로서의 자각을 지니게 되었고 이듬해부터 사회과학을 공부하면서 프롤레타리아 문학운동에 참가한다. 이어 오따루의 노동운동과도 관계를 맺게 되면서 사회변혁과 자기변혁을 결합하며 문학세계로 나아가는 길을 걷기 시작했다.

1928년, 사회주의자들을 갑자기 대대적으로 검거한 3·15 사건이 발생한다. 이 사건 직후 전일본무산자예술연맹(NAPF)이 결성되었고 기관지 『센끼(戰旗)』가 창간된다. 이 무렵 혁명의 뜨거운 열기가 채 식지 않은 러시아에서 유학한 한 무리의 젊은 이론가들이 일본으로 돌아오면서 온갖 사회주의 이론과 논쟁이 직수입되기도 했다. 마지막 짜르 니꼴라이 2세의 죽음과 사회주의혁명의 성공은 일본에서도 혁명이 성공하지 못할 이유가 없으며 바야흐로 때가 무르익었다는 믿음을 주었다. 특히 쿠라하라 코레히또(藏原惟人) 같은 이들이 그 대표였다. 러시아에서 뜨거운 혁명의 열기를 직접 체험하고 돌아온 쿠라하라는 그곳에서 보고 들은 사회주의의 논쟁 거리들을 그대로 직수입하여 재현했다. 일본의 전통적 서정에 뿌리박은 시인이었던 나까노 시게하루(中野重治)는 그를 '공주님 옷을 빌려 걸친 웃기는 냄비 뚜껑'이라 비웃기도 했지만 '예술 대중화 논쟁' 등을 거치며 나까노 역시 시대적 요구에 부응할 수밖에 없었다.

1928년 5월에 상경하여 쿠라하라 코레히또를 만난 타끼지는 이후 짧은 생애 동안 그를 시종 신뢰했고 그의 예술론에 크게 영향받았다. 문학은 '진군나팔' 같은 역할을 해야 한다고 믿었던 그들은, 예술에 정치적 가치 따위는 없으며 가장 예술적인 것이 가장 정치적이라는 나까노 시게하루를 현실 논쟁의 패배자로 만들면서 오직 혁명의 한길로 내달렸다.

코바야시 타끼지는 오따루의 사회주의 탄압 사건을 제재로 쓴 『1928년 3월 15일(一九二八年三月十五日)』을 『센끼』 1928년 11월, 12월호에 걸쳐 발표하면서 세상에 알려진다. 무수한 삭제와 복자로 2차 세계대전 전에는 제대로 읽을 수조차 없었던 이 중편소설은 실존인물들을 모델로 삼고 있다. 영하 20도의 추운 날씨, 이른 새벽에 잠들어 있던 이들이 난입한 경찰에 의해 검거되고 그들의 가족까지 검거되는 바람에 꽉 차버린 경찰 연무장이 그려지며 작품 후반은 고문 장면으로 점철된다. 작품은 잔혹하기 이를 데 없는 고문의 실태와 그것을 견뎌내는 모습을 '말로 다할 수 없는 분노'를 담아 묘사한다. 3·15 사건에 연루된 갖가지 인간상을 넓고 깊은 통찰을 통해 리얼하게 그려낸 이 작품은 천황제 국가권력의 본질을 폭로함으로써 일본문학사에 한 획을 그었다.

1929년, 코바야시는 『게 가공선(蟹工船)』을 쓴다. 이 작품의 배경이 된 하꾸아이마루(博愛丸)호는 1898년 영국 조선소인 로브니츠 앤드 컴퍼니(Lobnitz & Company)에서 일본 적십자사의 병원선으로 만들어졌다. 평상시에는 상하이 항로의 우편선으로 사용되다가, 1900년 의화단 사건이나 1904~5년의 러일전쟁 때는 병원선으로 쓰였으며, 1926년에 매각되어 북양어업 게 가공선으로 개조하여 사용되던 중 린치와 가혹한 노동으로 사망자가 발생하는 사건이 일어났다. 이 현실의 사건에 북양어업에 대한 자세한 조사를 더하여 쓴 작품이 바로 『게 가공선』이다. 구축함의 비호를 받으며 하꼬다떼 기지에서 소련의 깜찻까 영해까지 출어하는 이 고물배에는 항해법도 공장법도 적용되지 않는다. 막일꾼, 토오호꾸 지역의 가난한 농민과 어부, 학생 들을 계절노동자로 고용하여 국가적 산업이라는 미명하에 더없이 잔혹한 린치로 위협해가며 노예노동을 강요함으로써 회사는 엄청난 돈을 벌어들인다. 생명을 위협하는 혹사 속에서 노동자들은 점차 단결하고 카와사끼선 어부들의 태업을 계기로 자신들의 요구를 모아 파업에 들어가지만, 구축함에서 온 해병들의 총검 앞에 파업은 무산되고 주동자들은 끌려간다. 하지만 한번 떨쳐 일어섰던 노동자들은 다시 한번 투쟁하기 위해 일어서리라는 선언으로 이 작품은 끝난다. 제국주의의 식민지적 착취 형태와 국가와 재벌, 군대의 관계를 드러내고, 조직되지 않은 노동자의 계급적 자각과 자연발생적 투쟁을 집단묘사를 통해 역동적으로 그려냄으로써 코바야시의 작품 중에서도 가장 널리 알려진 작품이다.

코바야시는 1929년에 NAPF를 전신으로 하여 출범한 일본프롤레타리아작가동맹의 중앙위원으로 선출되고 기관지인 『센끼』에 『게 가공선』을 연재하여 『1928년 3월 15일』을 웃도는 평가를 받았다. 두 작품은 국제혁명작가동맹(IURW)의 기관지 『세계혁명문학』(Literatura mirovoi revoliutsii)에 번역 게재되어 뛰어난 혁명 작가로 국제적으로도 널리 알려졌다. 같은 해, 이년 전에 간접적으로 지지를 표명한 바 있던 이소노 소작쟁의를 제재로 한 『부재지주(不在地主)』를 『추우오오꼬오론(中央公論)』 11월호에 발표한다. 홋까이도오의 자본가화하는 대지주의 농장에서 일하는 소작인과 오따루의 노동자의 연대투쟁을 그린 이 작품으로 인해 코바야시는 오년 팔개월간 일했던 은행에서 해고당했다. 이듬해 3월 말 상경할 때까지 단편과 평론 집필에 집중했고 그해 2월엔 중편소설 『공장세포(工場細胞)』를 발표했다. 『공장세포』는 근대적인 공장 내에서 벌어지는 공산당의 활동을 중심으로 경제공황하에서 산업합리화에 항거하는 노동자의 투쟁을 묘사하여 3·15 사건 이후의 활동 방식을 그린 작품이었다.

상경 후에는 문학운동에 전념하였으나 공산당에 자금을 지원했다는 혐의로 오오사까에서 검거되었고 귀경 후 다시 체포, 투옥당하여 1931년 1월에 보석으로 출옥했다. 출옥 후 중편 『오르그(オルグ)』를 『카이조오(改造)』 5월호, 「독방(独房)」을 『추우오오꼬오론』 7월호에 발표한다. 『오르그』는 『공장세포』의 속편으로, 탄압으로 조직이 괴멸된 공장에서 재조직에 헌신하는 활동가의 생활과 투쟁을 묘사한 작품이며, 「독방」은 작가가 체험한 옥중생활을 제재로 한 단편이다. 같은 해 7월에는 작가동맹의 서기장으로 뽑혀 토오꾜오 스기나미 구에 주거를 정했다. 만주사변이 시작된 직후인 10월에는 불법단체로 규정된 공산당에 입당, 일본프롤레타리아문화연맹(KOPF) 결성을 위해 일하는 동시에 정력적인 집필을 이어갔다. KOPF가 결성된 직후인 11월 초순에는 처음으로 시가 나오야를 만났다. 그 무렵 발표한 『야스꼬(安子)』는 빈농 출신 자매의 삶을 1920년대의 오따루 노동운동의 현실과 접목하여 그렸으며, 『전형기의 사람들(転形期の人々)』은 작가가 직접 보고 듣고 자란 타이쇼오 말에서 3·15 사건까지의 시대를 오따루 노동운동을 중심으로 하는 해방운동사의 관점에서 개괄하고자 한 작품이다.

1932년 3월에는 침략전쟁하의 노농 연대 문제를 다룬 중편 『누마지리 마을(沼尻村)』을 썼는데, 그즈음부터 그의 소설과 평론에서 반전 투쟁이 중요한 과제로 등장한다. 같은 해 3월 말부터 문화단체에 대한 대대적 탄압이 이뤄지면서 지하활동으로 옮겨가 미야모또 켄지(宮本顕治) 등과 함께 문화운동의 재건과 발전을 위해 힘쓰

며 어려운 생활 속에서도 헌신적인 활동과 집필을 이어갔다. 이또오 후지꼬(伊藤ふじ子)와 결혼한 6월경부터 문화단체의 당 그룹 책임자가 되었고, 8월 말에 『당 생활자(党生活者)』를 집필했다. 이 작품은 작가의 죽음으로 전편에서 중단되었으나 지하생활 전에 관계했던 후지꾸라 공업의 노동자 투쟁과 작가 자신의 지하활동 체험을 제재로 삼고 있다. 방독 마스크와 낙하산을 만드는 쿠라따 공업이라는 군수공장이 작품의 배경으로, 만주사변이 확대되면서 국가비상시국이라는 명목하에 임시 직공들을 대대적으로 증원하고 노동강화와 저임금을 강요하던 당시의 상황과, 공산당의 반전 및 노동 투쟁이 묘사된다. 지하에서 활동하는 공산당원의 곤궁한 생활과 활동 모습을 박진감 있게 그리고 있는데, 특히 등장인물들의 어머니가 상당히 감명 깊게 묘사되고 있다. 당시 혁명운동의 가장 중심적인 과제를 다루었으며 비합법적 당 활동을 내부의 시각으로 그렸다는 의의를 지니며, 일본 문학에서는 처음으로 공산주의적 인간의 조형에 성공했다고 평가받고 있다.

　『카이조오』 1933년 3월호에 게재하여 유고가 된 『지구의 사람들(地区の人々)』은 혁명 전통을 지닌 오따루의 노동자들이 전쟁이 깊어가는 가운데 다시 한번 일어서는 모습을 묘사하고 있다.

　그리고 1933년 2월 20일, 토오꾜오 아까사까에서 이마무라 쓰네오(今村恒夫) 등과 함께 체포되어 쓰끼지 지서에서 특별고등경찰들의 폭력적인 고문으로 살해당했다.

　코바야시 타끼지의 학살에 로맹 롤랑, 루쉰 등 일본 안팎의 진보적 문인들과 많은 단체들이 깊이 애도했고 국제적으로 항의가 빗발쳤다. 3월 15일, 정부의 감시하에 쓰끼지 소극장에서 노농장(勞農葬)으로 장례가 치러졌다. 작가가 첫 작품이라고 밝힌『1928년 3월 15일』을 발표한 지 채 오년이 안되는 기간이었다. 그는 해방투쟁의 새로운 현실을 그렸고, 국가권력과 대결하는 혁명적 리얼리즘 문학을 일본 근대문학에서 처음으로 크게 물결치게 했으며, 미야모또 유리꼬(宮本百合子)와 함께 민주적 문학의 전망을 열었다. 생전에도 사후에도 코바야시만큼 철저하게 국가권력에게 박해받고 말살당한 문학가는 없었다. 그의 대표작인『1928년 3월 15일』과『당 생활자』는 전쟁 전에는 금서 취급을 받았고,『게 가공선』속 천황에 대한 경멸 섞인 묘사로 인해 불경죄로 기소당하기도 했다. 특히 1937년 중일전쟁부터 1945년 패전까지 팔년간은 그의 작품을 소지하는 것만으로도 검거 대상이었다. 그럼에도 그의 업적은 많은 이들에 의해 남몰래 보호되었고 전쟁이 끝나고 수백명이 협력하여 대부분 원형대로 복원되었다. 해외에도 널리 번역되어 이십여종의 번역본이 있다.

순교자와도 같은 자세로 일본의 혁명운동과 문학에 헌신했던 코바야시 타끼지. 그의 행적을 살펴보면 특히 학살당하기 전 몇해 동안을 얼마나 치열하게 살아냈는지 알 수 있다. 한달에 작품을 몇편이나 써냈고 한 작품을 쓰면서 다른 작품을 시작했으며 당원 활동도 게을리하지 않았다. 마치 머지않은 자신의 죽음을 알고 있다는 듯이. 그렇다면 사람들은 그의 삶과 참혹한 죽음, 그리고 작품들을 기억했을까.

그렇지 않았다. 2차 세계대전에서 패전했지만 한국전쟁 특수에
힘입어 1950년대 중반부터 시작된 고도성장에 취한 일본 사회는
그를 잊었다. 그의 책은 들고 다니거나 언급하기에 부끄러운, 촌스
러운 시대의 유물로 여겨졌다. 세계에서 가장 부유한 나라 가운데
하나, 사회주의 국가에 버금가는 부의 평등한 분배가 이루어져 중
산층이 튼튼한 허리를 이루고 사회보장제도의 그물망은 촘촘하여
서민들의 삶은 더없이 안정되었던 풍요로운 일본. 하지만 1990년
대부터 거품경제가 붕괴하고 이십년 넘게 불황이 지속되었으며,
신자유주의의 물결이 연이어 덮쳐왔다. 정치적 요구가 경제적인
풍요로 무마되어버린 시간이 너무 길었던 걸까, 사람들은 이 파도
에 저항할 힘도 잃은 듯 보였다. 주머니에 10엔짜리 동전 몇개뿐인
채로 길거리로 내쫓긴 젊은이들, '고독사'라는 말이 일상어가 되어
버린 가난한 노인들의 죽음, 그런 비참한 현실 속에서 일본인들은
언제부턴가 코바야시의 『게 가공선』을 다시 읽기 시작했다. 게 가
공선의 참혹한 노동 현실 아래 '살해당하고' 있는 잡부와 어부가
바로 자신들임을 사무치게 확인하면서. 이 작품은 현재 일본 사회
전체를 이해하는 하나의 강력한 열쇠가 되었고 코바야시가 헌신했
던 일본공산당에는 몇년 사이 이만여명이 입당했다.

한국은 어떤가? 우리나라 헌법 제119조 2항은 '국가는 균형 있
는 국민경제의 성장 및 안정과 적정한 소득의 분배를 유지하고, 시
장의 지배와 경제력의 남용을 방지하며, 경제주체 간의 조화를 통

한 경제의 민주화를 위해 경제에 관한 규제와 조정을 할 수 있다'
고 말한다. 소수에게 부가 집중되지 않게 하며 중산층을 늘리고 빈
곤층을 위한 보호막을 마련하고 빈부격차를 좁혀 평등한 사회를
만들기 위해서 우리는 국가를 필요로 한다. 하지만 이미 국가는 자
본의 편이다. 국가권력과 결탁한 시장의 지배는 점점 폭력화되고
경제적 힘은 갈수록 소수에게 집중된다. 재벌과 국가는 개인의 능
력 부족이나 게으름이 가난의 원인이라고 믿게 만들어 비틀린 구
조를 은폐하고 불평등을 당연한 것으로 여기게 했다. 등록금으로
300만원을 빌린 여대생은 일년 후 그 빚이 1500만원이 되었다. 이
여성의 아버지는 불법 추심에 시달리던 딸이 사채를 갚기 위해 유
흥업소에 강제 취업한 것을 알고 딸을 목 졸라 살해한 후 자신도
목숨을 끊었다. 아이의 분유값을 구하지 못한 젊은 엄마가 아이를
안고 옥상에서 뛰어내렸다는 신문기사를 읽으며 시작된 아침, 저
녁 뉴스에는 15만원으로 한달을 버티던 육십대 부부가 결국 목을
매어 자살했다는 이야기가 흘러나온다.

이것은 한두 나라에 국한된 일이 아니다.

그리스에서는 삼십오년간 약사로 일하고 은퇴 후 연금으로 생
활하던 일흔일곱살의 노인이 아테네 도심에서 정치인들의 무능을
질타하며 권총으로 자살했다. 이 노인은 유서에 그리스 정부를 나
치 점령 당시의 부역자들에 빗대어 '괴뢰정부는 평생 착실하게 부
은 연금으로 살아갈 능력을 말 그대로 완전히 파괴해버렸다' '먹을
것을 찾기 위해 쓰레기 더미를 뒤지기 전에 존엄한 종말을 맞이할

다른 방법을 찾지 못했다'고 적었다. 약사로 평생을 일한 중산층의 노인이 삼십오년간 착실히 부은 연금으로 여생을 지탱할 수 없는 세상은 명백히 잘못된 것이다. 다른 유럽 국가에서도 워킹 푸어가 늘고 있다. 기업이 정규직 대신 계약직을 늘리기 때문이다. 최저임금을 받는 임시직밖에 일자리가 없는 현상이 세계적으로 퍼져간다. 미국에선 '팍스 아메리카나'의 풍요로운 중산층이었던 이들이 주택대출금을 갚지 못해 집을 빼앗기고 공원에서 텐트를 치고 고달픈 나날을 견디며 쓰레기통을 뒤진다.

국경을 가로지르며 자본만이 절대권력이 되어버린 세계. 지구는 한척의 거대한 '게 가공선'이 되었다. 1 대 99. 이렇게 확실한 전선이 형성된 적은 일찌기 없었다.

우리는 연약한 개인들이다. 『게 가공선』에는 민중에 대한 환상은 실오라기만큼도 없다. 그들이 얼마나 형편없고 비천한 존재인지 눈을 크게 뜨고 응시하는 작가의 붓끝은 가차없다. 쓴 담배 두갑에 동료를 팔고, 끓어오르는 성욕에 개처럼 몸부림치며, 결국은 굶주린 소년 잡부를 캐러멜 두갑으로 꼬여내어 욕망을 해소하고야 마는 자들. 그들은 가난하고 천하며 짐승처럼 불결하다. 하지만 바로 그런 그들이 더는 이렇게 살 수는 없다고, 혹은 이렇게 죽을 수는 없다고 자각하는 존재이며, 그것을 자신만의 일로 여기지 않고 다른 이의 손을 어둠 속에서 더듬어 부여잡을 수 있는 존재라는 사실 또한 코바야시는 놓치지 않는다. 비참한 실패 앞에서도 좌절하거나 주저앉지 않고 한번 더! 하고 외치며 일어설 수 있는 존재이기도 하다는 것, 그리고 바로 거기에 그들의 존엄과 숭고가 깃들어 있다는 사실을 그는 알고 있었다.

최근 일본의 젊은이들이 변하고 있다. 자본이 뿔뿔이 흩어놓은 그들이 조금씩 서로의 존재를 깨달아 노조를 만들고 함께 거리로 뛰어나가 자신들의 주장을 목청껏 외치며 든든한 유대를 엮어가고 있다. 프랑스에서도 스페인에서도 더이상 갈 곳 없는 막다른 골목에 몰린 약자들의 연대가 일어나고 있다.

온몸에 시커멓게 멍이 들고 부어올라 알아보기 힘들 만큼 처참한 주검이 되어 돌아온 아들에게 매달려 "다시 한번 일어서야지" 하고 울부짖던 어머니의 외침은 우리에게 어떤 의미일까?

서은혜(전주대 일문과 교수)

작가연보

1903년 10월 13일 아끼따 현 키따아끼따 군의 몰락한 농가에서 출생. 아

버지, 어머니, 형, 누나, 할머니까지 5인 가족이었다.

1907년 누이동생이 태어남. (이후 누이동생과 남동생이 각각 한명씩 더

태어남.) 오따루의 백부 집에서 형이 병사. 연말에 백부의 권유로

가족이 오따루로 이주.

1908년 양친이 백부가 운영하던 빵 가게의 지점을 개업.

1910년 시오미다이 소학교 입학.

1916년 소학교 졸업. 백부의 지원을 받아 오따루 상업학교에 입학. 백부

의 빵 공장 일을 도와가며 통학.

1917년 친구 몇명과 교내 써클을 만들어 수채화를 그리기 시작.

1919년   오따루 상업학교의 교우회 잡지『손쇼오(尊商)』의 편집부원으로
         뽑힘. 이 무렵부터 시, 단가, 소품 등을 쓰기 시작.

1920년   몇몇 친구와 함께 회람지『소뵤오(素描)』창간, 연말까지 일곱권
         을 발행. 여러 문학지에 계속 시를 투고했고 서양화전에 수채화를
         출품하기도 했으나, 백부가 그림 그리는 일을 금하면서 문학에 대
         한 열의가 깊어짐.

1921년   『소뵤오』폐간 후 습작 원고를 재봉틀로 묶어 만든『태어나는 아
         이들(生れ出ずる子ら)』발간. 오따루 상업학교 졸업. 백부의 원조를
         받아 오따루 고등상업학교에 입학. 백부 집을 나와 본가에서 통학
         함. 이 무렵부터 시가 나오야의 문학을 배우기 시작.

1922년   고등상업학교 교지 편집위원으로 뽑혀 단편과 번역 등을 발표함.
         여러 잡지에 단편소설을 계속 투고.

1923년   「역사적 혁명과 예술」을『신주(新樹)』에 발표함. 칸또오 대지진 의
         연금 마련을 위한 연극에 출연하기도 함.

1924년   고등상업학교를 졸업하고 홋까이도오 척식은행 오따루 지점 외
         환계에 근무하기 시작. 4월, 동인지『쿠라루떼(クラルテ)』를 창간
         하고 7월에『싸구려 과자집(駄菓子屋)』을 발표. 8월, 부친 사망. 불
         우한 처지에 있던 여성 타구찌 타끼를 만남.

1925년   2월,「그의 경험」을『쿠라루떼』4호에 발표. 4월, 은행원이 되면서
         안이해진 생활 태도를 반성하고 원고 노트를 만들어 노력을 기울
         이기로 결심. 퇴고를 거듭하며 발표에 신중해짐.

1926년   8월,「사람을 죽이는 개」를 씀. 9월, 하야마 요시끼의 소설집『매

음부(淫売婦)』에 감명받음. 11월, 「셰익스피어보다 먼저 맑스를」
이라는 글을 『오따루신문(小樽新聞)』에 발표. 이 무렵부터 사회과
학 공부를 시작.

1927년   단편소설과 희곡 등을 발표. 3, 4월에는 오따루의 노동자들과 처
음으로 공동투쟁을 하며 이소노의 소작쟁의에 관여. 6, 7월에는
오따루 항만 노동자들의 대규모 쟁의가 일어나 유인물 제작 등으
로 지원. 8월, 노농예술가연맹에 가입하고 9월에 오따루 지부 간
사가 됨. 사회과학연구회(화요회)에 참가, 오따루 합동노동조합,
노동농민당 오따루 지부 사람들과 점차 관계가 깊어짐. 그러는 동
안에도 창작의 끈을 놓지 않고 작품을 발표함. 11월, 노동예술가
연맹의 분열로 결성된 전위예술가동맹에 참가. 12월, 중편소설
『방설림(防雪林)』을 기고.

1928년   2월, 일본 최초로 보통선거법에 따라 국회의원 선거가 치러짐. 홋
까이도오 제1구에서 노동농민당 후보로 나온 공산당 후보를 지원
하기 위해 히가시꿋짠 지방 연설대에 합류. 3월 15일, 일본공산당
과 지원 단체에 대해 전국적으로 일제 검거가 이뤄지고 오따루에
서도 대대적인 탄압을 받음. 3월 25일, 그때까지 분열돼 있던 전
위예술가동맹과 일본프롤레타리아예술연맹이 합쳐져 전일본무
산자예술연맹(NAPF)이 결성되면서 혁명적 문학예술운동의 기
본 조직이 확립됨. 4월 26일, 『방설림』을 탈고. 5월, NAPF의 기관
지 『센끼(戰旗)』 창간. 5월 중순, 열흘 예정으로 상경하여 쿠라하
라 코레히또를 처음 만났고 이후 이론적 영향을 받으면서 깊은 우

정을 나눔. 5월 26일, 『방설림』을 노트 원고인 채로 두고, (전쟁 후에 발견되어 1947~48년 『샤까이효오론(社会評論)』에 발표됨) 중편 『1928년 3월 15일(一九二八年三月十五日)』을 기고함. 7월, 직장에서 외환계에서 조사계로 이동함. 8월 17일, 『1928년 3월 15일』을 완성하여 『센끼』 11, 12월호에 발표하였고 해당 호는 발매금지 당함. 9월 5일, 『히가시꿋짠행(東倶知安行)』을 탈고. 같은 달, 3·15 사건으로 중단되었던 사회과학연구회를 재개. 10월 14일, 『방설림』 개고에 착수하였으나 곧 중단하고 10월 28일에 중편 『게 가공선(蟹工船)』을 기고. 11월 말, 오따루 해원조합과 관련된 매체인 『해상생활자신문』의 문예란을 맡음. 12월 25일, NAPF가 재조직되어 전일본무산자예술단체협의회로 출범.

1929년   2월 10일, 일본프롤레타리아작가동맹이 창립되고 중앙위원으로 선출됨. 작가동맹의 오따루 지부 준비회를 조직. 3월 30일, 『게 가공선』을 완성, 『센끼』 5, 6월호에 발표하였고 6월호는 발매금지당함. 4월 16일, 또다시 전국적인 대규모 탄압이 있었고, 20일에는 오따루 경찰에 소환되어 가택수사를 받음. 6월, 「프롤레타리아 문학의 '대중성'과 '대중화'에 관하여」를 써서 『추우오오꼬오론(中央公論)』 7월호에 발표. 「깜찻까에서 돌아온 어부의 편지」를 써서 『카이조오(改造)』 7월호에 발표. 7월 6일, 중편 『부재지주(不在地主)』를 기고. 27~31일, 『게 가공선』이 「북위 50도 이북」이라는 제목의 5막 2장짜리 연극으로 제작, 신쓰끼지 극단에 의해 테이꼬꾸 극장에서 상연됨. 8월 23일, 4·16 탄압으로 해산되었던 오따루 운

수노동조합이 재조직되어 전오따루노동조합이 창립됨. 이 조합
의 준비 활동에 참가하여 내부의 기회주의자들과 싸워가며 강령
을 기초. 9월 10일, 은행의 조사계에서 출납계로 좌천당함. 9월 29
일, 『부재지주』를 탈고하고 『추우오오꼬오론』 11월호에 발표함.
같은 달, 『게 가공선』을 센끼샤(戰旗社)에서 출판, 역시 발매 금지
당함. 11월에는 『부재지주』 발간과 함께 퇴직 형식으로 은행에서
해고당함. 같은 달, 「프롤레타리아 문학의 대중화와 프롤레타리아
리얼리즘에 관하여」를 발표. 12월에는 중편 『공장세포(工場細胞)』
를 기고.

<table>
<tr><td>1930년</td><td>1월, 「프롤레타리아 문학의 새로운 문장에 관하여」 「프롤레타리
아 문학의 방향에 관하여」 「종교의 급소는 어디에 있는가」 「은행
이야기」 등을 씀. 『부재지주』를 니혼효오론샤(日本評論社)에서 출
간함. 2월 24일, 『공장세포』를 완성하여 『카이조오』 4~6월호에
발표함. 3월 말, 오따루에서 토오꾜오로 이주하여 나까노 구에서
하숙. 같은 달, 『게 가공선』 개정판을 센끼샤에서 출간. 4월, 「프롤
레타리아 문학의 '새로운 과제'」를 『요미우리신문(讀賣新聞)』에
발표함. 『게 가공선』이 상하이에서 출간되고 국민당 정부로부터
발매금지당했으나 불법 재간행됨. 5월 5월, 『1928년 3월 15일』 개
정판을 센끼샤에서 출간, 판매금지 처분됨. 같은 달 중순, 『센끼』
순회강연을 위해 나까노 시게하루, 카따오까 텟뻬이 등과 쿄오또,
오오사까, 마쓰자까 등을 순회하였고 23일에는 비합법 일본공산
당에 대한 자금원 조사 건으로 오오사까에서 체포당하여 6월 7일</td></tr>
</table>

석방되었다가 귀경한 후 24일에 다시 체포당함. 7월 19일, 구류 중에『게 가공선』문제로『센끼』발행인 야마다 세이자부로 등과 함께 불경죄로 추가 기소당함.『공장세포』를 센끼샤에서 출간. 8월 21일, 치안유지법 위반으로 기소되어 토요따마 형무소에 수감. 9월, NAPF에서 기관지『NAPF』를 창간.

1931년   1월 22일, 보석으로 출옥하여 스기나미 구에 하숙. 2월 초, 중편『오르그(オルグ)』를 기고. 3월,「나의 방침서」를『요미우리신문』에 발표. 3월, 타구찌 타끼와의 결혼을 포기. 4월 6일,『오르그』를 완성하여『카이조오』5월호에 발표.「문예시평」「벽에 붙은 사진」「소설작법」을 발표. 6월,「계급으로서의 농민과 프롤레타리아트」를『제국대학신문』에,「독방」을『추우오오꼬오론』7월호,「네가지 관심」을『요미우리신문』에 발표. 7월 8일, 작가동맹 제4차 임시대회에서 중앙위원으로 선출되고, 같은 달 11일에는 제1차 집행위원회에서 상임중앙위원 및 서기장으로 선출.「편지」를『추우오오꼬오론』8월호에 발표함. 7월 말, 스기나미 구의 집 한채를 빌려 오따루에서 어머니를 모셔와 남동생과 함께 거주.『오르그』를 센끼샤에서 출간. 중편『신여성기질(新女性氣質)』을 연재. (나중에『야스꼬(安子)』로 제목을 변경.) 9월, 만주사변 발발. 장편『전형기의 사람들(転形期の人々)』을 연재 시작. 10월,「어머니들」을『카이조오』11월호에 발표. 일본공산당에 입당하여 작가동맹의 당 그룹에 참가. 국제혁명작가동맹의 기관지『세계혁명문학』(*Literatura mirovoi revoliutsii*) 러시아어판 10월호에『1928년 3월 15일』이

영·독·불어로 번역돼 게재. 같은 달 24일, 일본프롤레타리아문화 연맹(KOPF)이 결성되면서 공장과 농촌의 문화 써클을 기초로 하는 문화운동이 재조직. 11월, KOPF 결성에 따라 작가동맹에서 예술협의회회원으로 선출됨. 「프로 문학 신단계의 길」을 『요미우리신문』에 발표. 이해에 『1928년 3월 15일』이 독일 MOPR(국제혁명운동희생자구원회) 출판사에서 출간되었으나 발매금지당함.

1932년 1월, 「문예시평」 「조직 활동과 창작 방법의 변증법」 등을 발표. 「실업화차」를 씀. 2월, 작가동맹이 국제혁명작가동맹에 가맹하고 일본 지부가 됨. 3월, 「전쟁과 문학」을 발표하고 8일에는 중편 『누마지리 마을(沼尻村)』을 써서 『카이조오』 4, 5월호에 기고. 「문학의 당파성 확립을 위하여」를 발표. 같은 달 24일, 문화단체에 대한 대규모 탄압이 시작됨. 장편 『전형기의 사람들』 연재 시작. 4월 초, 나라를 방문하여 시가 나오야를 처음 만남. 돌아와서는 미야모토 켄지 등과 함께 지하활동으로 옮아가 문화문학운동의 재건에 헌신. 아자부 구에 살면서 이토오 후지꼬와 결혼. 작가동맹 제 5차 대회 보고문 「프롤레타리아 문학운동의 당면 상황 및 그 지체 극복을 위하여」를 씀. 5월, 「문예평론」 「폭압의 의의 및 그에 대한 역습을 어떻게 조직할 것인가」 등을 발표. 8월, 「기회주의 새로운 위험성」 발표. 문화단체 당 그룹의 책임자로 임명됨. 같은 달 25일, 중편 『당 생활자(党生活者)』를 집필함. 『누마지리 마을』을 작가동맹출판부에서 펴냄. 9월, 전후부터 하야시 후사오를 대표로 하는 기회주의자들과의 논쟁을 계속하면서 「두가지 문제에 대하

여」「우익적 편향의 제 문제」를 발표.『게 가공선』이 소련 MOPR
출판사에서 발간.

1933년   1월 7일, 중편『지구의 사람들(地区の人々)』을 써서『카이조오』3
월호에 발표.「우익적 편향의 제 문제」의 속편을『프롤레타리아
문학』1, 2월호에 기고. 같은 달 20일경, 은닉처를 습격당하여 시
부야 구에서 혼자 하숙을 함. 2월 13일,「우익적 편향의 제 문제」
의 마지막 장인「토론 종결을 위하여」를 완성함. 같은 달 20일, 정
오 지나 아까사까에서 연락을 하던 중에 이마무라 쓰네오와 함께
쓰끼지 지서의 특고경찰에게 체포당함. 그곳에서 경시청 소속 특
고경찰인 나까가와, 야마구찌, 스다 등의 잔혹한 고문으로 오후 7
시 45분에 사거. 검찰 당국은 사인을 심장마비라고 발표하고 부
검을 방해했으며, 22일의 밤샘과 23일의 고별식 참석자들을 전
원 검거함. 3월 15일, 전국적 규모의 노농장(勞農葬)이 쓰끼지 소
극장에서 치러졌고『적기』『무산청년』『대중의 벗』『문학신문』
『프롤레타리아 문화』등은 추모와 항의의 뜻으로 특집호를 발행
함. 루쉰을 비롯하여 일본 국내외에서 조문과 항의가 쏟아짐. 3월
18~31일, 쓰끼지 소극장에서 추모 공연「누마지리 마을」상연. 이
후 수많은 작품들이 여러 출판사에서 출간되었고 러시아어와 영
어로 작품집 등이 번역, 출간됨.

고전의 새로운 기준, 창비세계문학

오늘날 우리는 인간의 존엄과 개성이 매몰되어가는 시대를 살고 있다. 물질만능과 승자독식을 강요하는 자본주의가 전지구적으로 확산되면서 현대사회는 더 황폐해지고 삶의 질은 크게 훼손되었다. 경제성장만이 최고의 선으로 인정되고 상업주의에 물든 문화소비가 삶을 지배할수록 문학은 점점 더 변방으로 밀려나고 있다. 삶의 본질을 성찰하는 문학의 자리가 위축되는 세계에서는 가진 자와 못 가진 자 할 것 없이 모두가 불행할 수밖에 없다.

이 시대야말로 인간답게 산다는 것의 의미가 무엇인지 근본적인 화두를 다시 던지고 사유의 모험을 떠나야 할 때다. 우리는 그 여정에 반드시 필요한 벗과 스승이 다름 아닌 세계문학의 고전이라는 점을 강조한다. 고전에는 다양한 전통과 문화를 쌓아올린 공동체의 경험이 녹아들어 있고, 세계와 존재에 대한 탁월한 개인들의 치열한 탐색이 기록되어 있으며, 새로운 세상을 꿈꾸는 아름다운 도전과 눈물이 아로새겨 있기 때문이다. 이 무궁무진한 상상력의 보고이자 살아 있는 문화유산을 되새길 때만 개인의 일상에서 참다운 인간적 가치를 실현하고 근대적 삶의 의미와 한계를 성찰하는 지혜를 얻을 수 있을 것이다.

'창비세계문학'은 이러한 문제의식에서 출발한다. 세계문학의 참의미를 되새겨 '지금 여기'의 관점으로 우리의 정전을 재구성해야 할 필요성이 그 어느 때보다 절실하다. '정전'이란 본디 고정된 목록으로 존재하는 것이 아니라 그때그때 주어진 처소에서 새롭게 재구성됨으로써 생명을 이어가는 것이다. 우리는 먼저 전세계 문학들의 다양성과 차이를 존중하면서 국가와 민족, 언어의 경계를 넘어 보편적 가치에 기여할 수 있는 가능성에 주목하고자 한다. 근대를 깊이 성찰한 서양문학뿐 아니라 아시아와 라틴아메리카, 중동과 아프리카 등 비서구권 문학의 성취를 발굴하고 재평가하는 것 역시 세계문학의 지형도를 다시 그리려는 창비의 필수적인 작업이 될 것이다.

여러 전집들이 나와 있는 세계문학 시장에서 '창비세계문학'은 세계문학 독서의 새로운 기준이 되고자 한다. 참신하고 폭넓으면서도 엄정한 기획, 원작의 의도와 문체를 살려내는 적확하고 충실한 번역, 그리고 완성도 높은 책의 품질이 그 기초이다. 독서시장을 왜곡하는 값싼 유행과 상업주의에 맞서 문학정신을 굳건히 세우며, 안팎의 조언과 비판에 귀 기울이고 독자들과 꾸준히 소통하면서 진정 이 시대가 요구하는 세계문학이 무엇인지 되묻고 갱신해 나갈 것이다.

1966년 계간 『창작과비평』을 창간한 이래 한국문학을 풍성하게 하고 민족문학과 세계문학 담론을 주도해온 창비가 오직 좋은 책으로 독자와 함께해왔듯, '창비세계문학' 역시 그러한 항심을 지켜 나갈 것이다. '창비세계문학'이 다른 시공간에서 우리와 닮은 삶을 만나게 해주고, 가보지 못한 길을 걷게 하며, 그 길 끝에서 새로운 길을 열어주기를 소망한다. 또한 무한경쟁에 내몰린 젊은이와 청소년들에게 삶의 소중함과 기쁨을 일깨워주기를 바란다. 목록을 쌓아갈수록 '창비세계문학'이 독자들의 사랑으로 무르익고 그 감동이 세대를 넘나들며 이어진다면 더없는 보람이겠다.

2012년 가을
창비세계문학 기획위원회

창비세계문학 8

게 가공선

초판 1쇄 발행 / 2012년 10월 5일
초판 4쇄 발행 / 2024년 3월 6일

지은이 / 코바야시 타끼지
옮긴이 / 서은혜
펴낸이 / 염종선
책임편집 / 권은경
펴낸곳 / (주)창비
등록 / 1986년 8월 5일 제85호
주소 / 10881 경기도 파주시 회동길 184
전화 / 031-955-3333
팩시밀리 / 영업 031-955-3399 편집 031-955-3400
홈페이지 / www.changbi.com
전자우편 / lit@changbi.com

ⓒ (주)창비 2013
ISBN 978-89-364-6408-0 03830